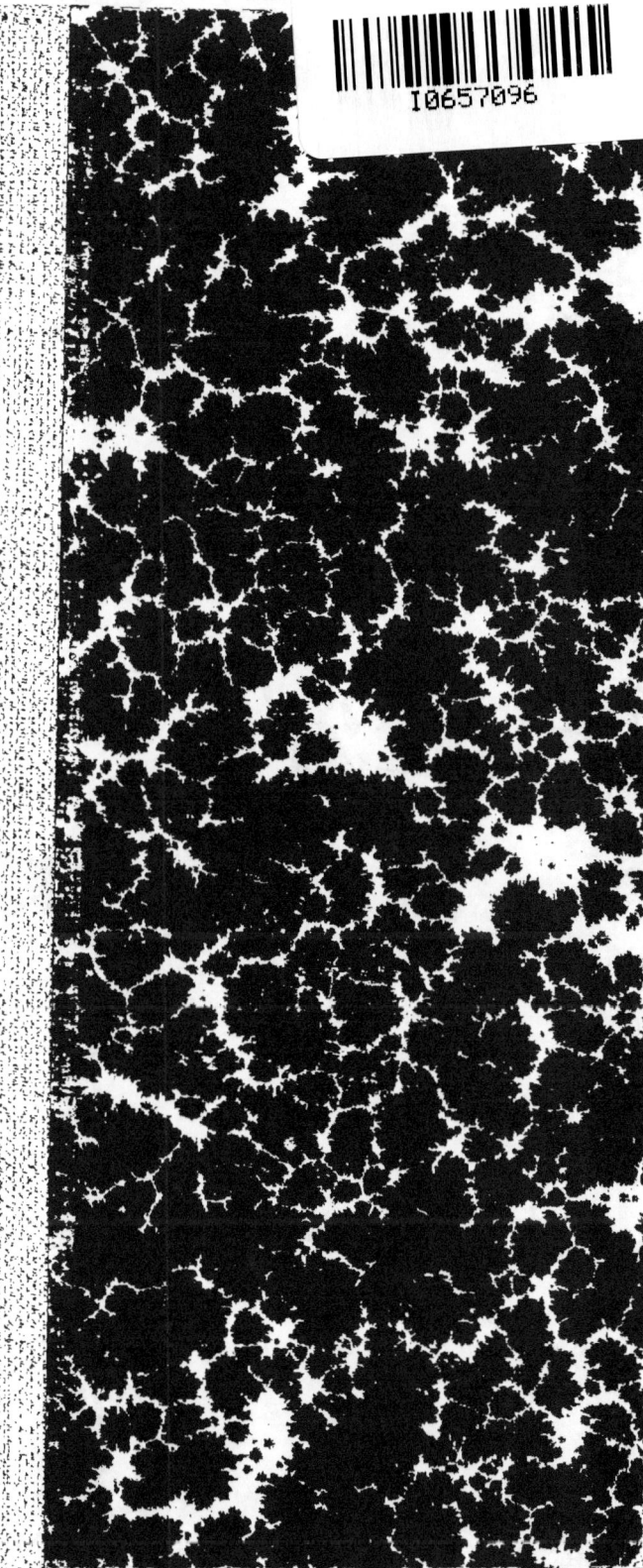

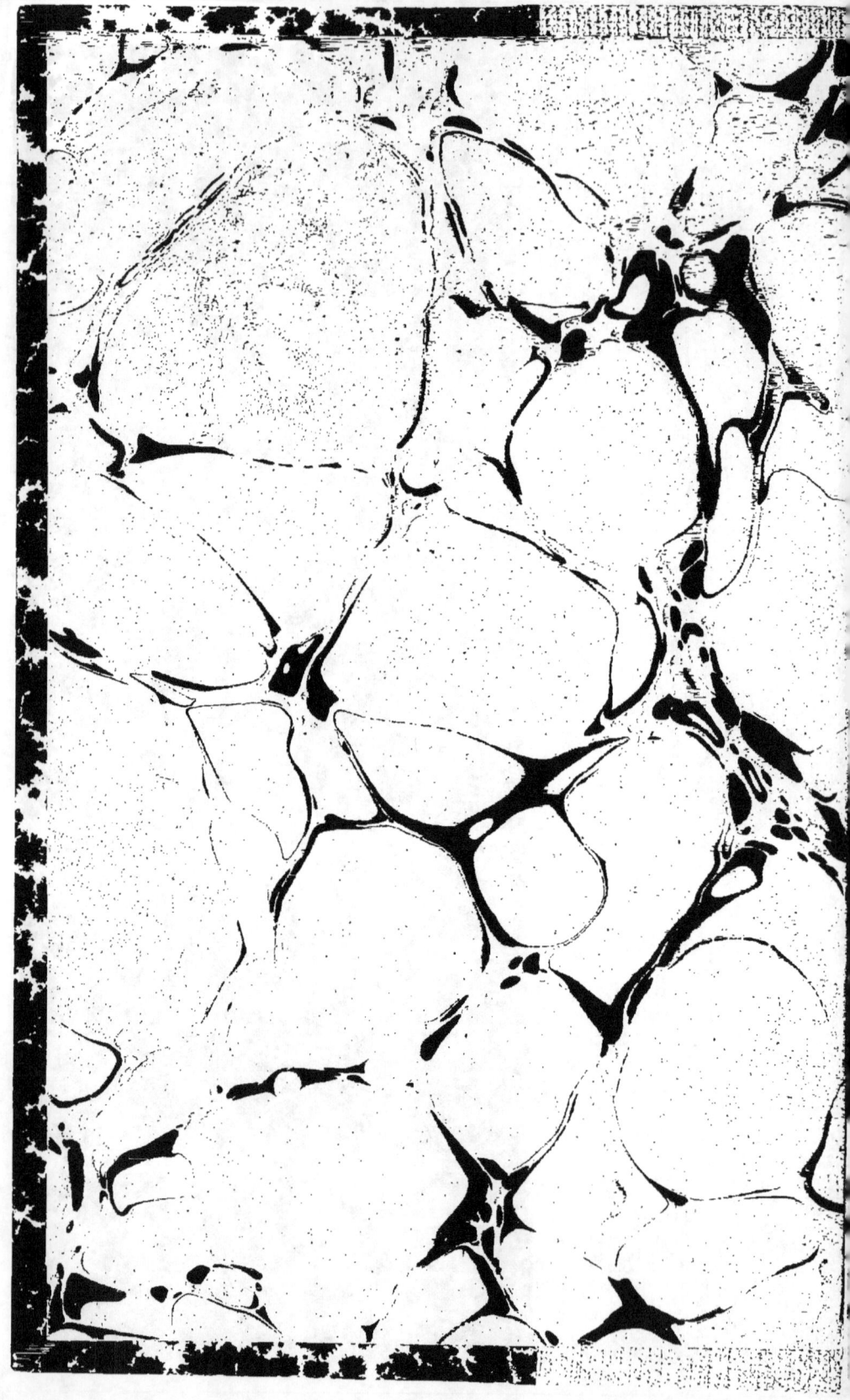

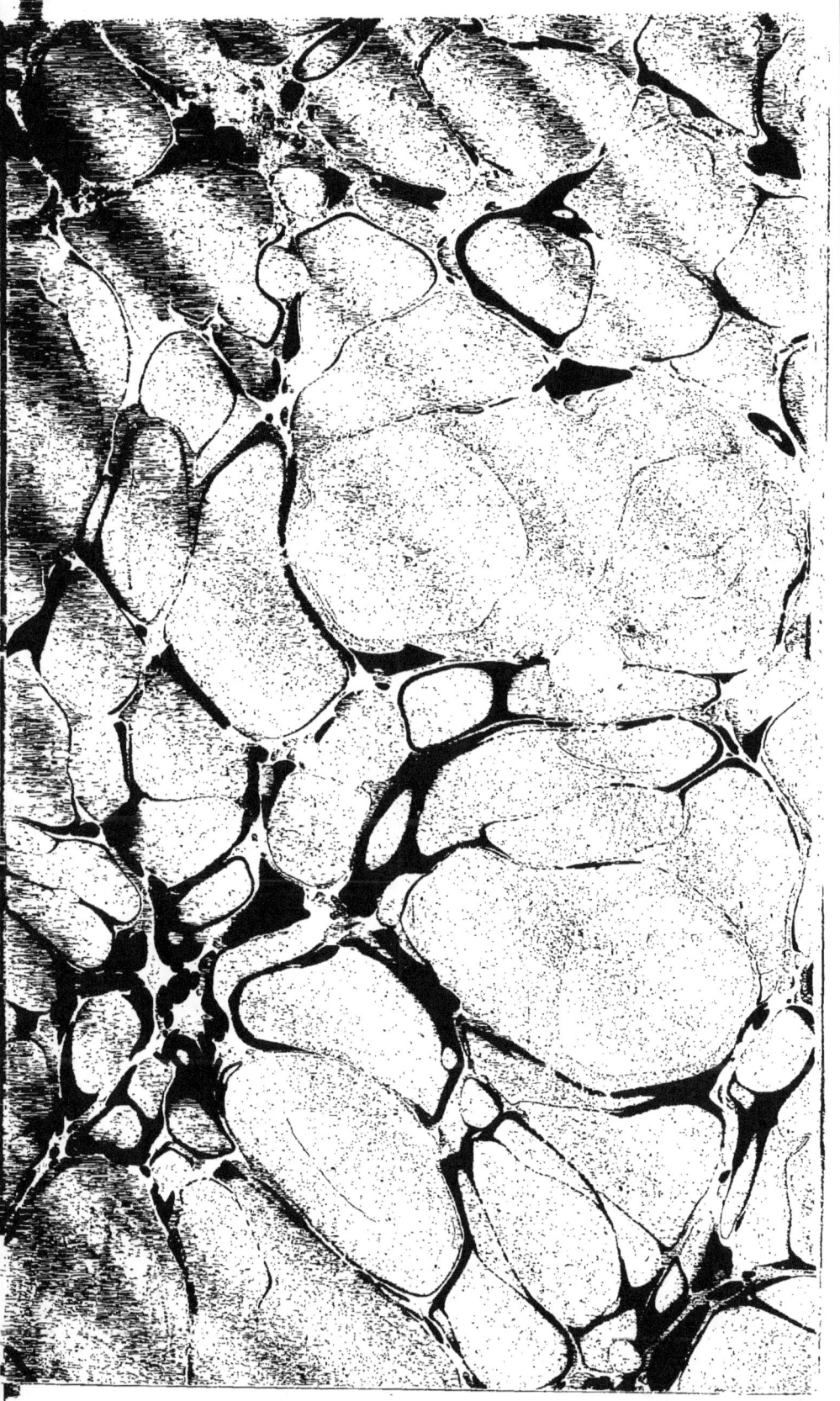

LE
JUIF DE SOFIEVKA

PAR

V. ROUSLANE

PARIS

E. PLON ET Cie, IMPRIMEURS-ÉDITEURS
RUE GARANCIÈRE, 10

—

1883

LE

JUIF DE SOFIEVKA

L'auteur et les éditeurs déclarent réserver leurs droits de traduction et de reproduction à l'étranger.

Ce volume a été déposé au ministère de l'intérieur (section de la librairie) en juin 1883.

PARIS. — TYPOGRAPHIE DE E. PLON ET Cie, RUE GARANCIÈRE, 8.

LE
JUIF DE SOFIEVKA

PAR

V. ROUSLANE

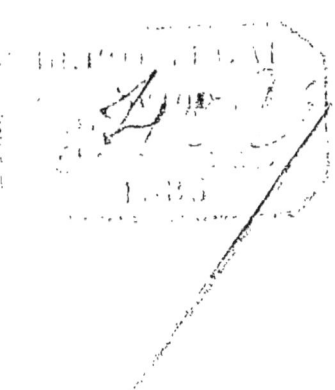

PARIS

E. PLON ET Cᵢₑ, IMPRIMEURS-ÉDITEURS

RUE GARANCIÈRE, 10

—

1883

LE
JUIF DE SOFIEVKA

I

Une neige épaisse recouvrait le sol ; l'atmosphère était si calme que les gros flocons tombaient droit en se balançant sans se heurter
dans les airs. Une nappe de velours immaculé
semblait tendue sur la steppe unie, vierge de
toute végétation ; on n'entendait pas un son,
pas même le vol des oiseaux : il n'y en avait
point dans cette solitude.

Au loin, à droite, se détachant à peine sur
l'horizon d'un gris si pâle qu'il se fondait avec
la blancheur de la terre, on apercevait des
taches foncées ; étaient-ce des kourganes, des

habitations humaines? Il était impossible de
savoir ce que représentaient ces masses infor-
mes, qui ressemblaient à des excroissances de
terrain et qui étaient, elles aussi, à demi ense-
velies sous la neige. Seul, un homme traversait
ce blanc désert. C'était presque un adolescent;
ses membres grêles fléchissaient sous le poids
d'un paquet enveloppé de toile cirée, attaché
sur ses épaules. Ses traits hâves, émaciés, trahissaient des jeûnes persistants et de longues
fatigues; un éclat fiévreux brillait dans ses
yeux, qui avaient l'expression effarouchée d'un
fauve aux abois. Ses cheveux, noirs et longs,
d'où dégouttait la neige, se collaient autour
de son cou; deux mèches pendaient de chaque
côté de son visage, dont elles faisaient ressortir
la maigreur. Il serrait autour de lui son long
cafetan noir luisant sur les coutures, d'où dé-
coulaient de minces filets d'eau formant comme
une frange au bas du vêtement. L'homme
s'affaissa tout à coup, ses forces étaient épui-
sées. Il resta ainsi ramassé sur lui-même pendant quelques instants, la tête appuyée sur
ses genoux que ses bras entouraient. La neige
continuait à tomber et le recouvrait peu à peu.

Bientôt il ne forma plus qu'un petit monticule blanc. Le froid l'engourdissait; il était si las et il avait tant besoin de sommeil! Cependant il était jeune; il voulait vivre; la vie lui était chère. Il jeta un regard désespéré autour de lui. Ne découvrira-t-il donc pas un abri dans cette solitude? Là-bas, tout au loin, il aperçut des taches noirâtres.

— Je suis sauvé!

Ses lèvres minces, bleuies par le froid, ébauchèrent un sourire; par un effort suprême, il se leva, secoua les flocons, qui s'éparpillèrent autour de lui, et se dirigea dans la direction où il devinait un village. Il marcha longtemps, trébuchant souvent, tombant quelquefois, enfonçant jusqu'à mi-jambes dans cette plaine blanche où nulle trace n'indiquait un sentier; mais il se relevait toujours, et, les yeux fixés sur les taches noires qu'il reconnaissait pour des izbas à mesure qu'il s'en rapprochait, l'espoir, la volonté du salut lui donnaient la force de continuer sa route.

Quand il atteignit Sofievka, il faisait déjà nuit. A l'entrée du village, il aperçut une grande maison à deux étages entourée d'un jardin; la porte de la grille était ouverte. Il hésita un moment; mais la vue des traînées de lumière perçant à travers les vitres couvertes de givre l'attirait.

— Le château est habité; un seigneur m'accordera l'hospitalité plus volontiers qu'un paysan, se dit-il.

Il s'engagea dans le sentier qui menait à la maison. A quelques pas de l'habitation, deux gros chiens se précipitèrent vers lui en aboyant. Il essaya vainement de les calmer; ils s'acharnaient contre lui avec violence.

— Maudits chiens de chrétien! grommela le jeune homme.

Les aboiements avaient été entendus de l'intérieur; un domestique entre-bâilla la porte d'entrée.

— Qu'y a-t-il donc, Chamoussia, Kachtane? fit-il en s'adressant aux chiens, qui remuèrent la queue et jappèrent plus fort. — Que fais-tu ici? que veux-tu? ajouta-t-il en apercevant la cause de ce vacarme.

— Je suis un pauvre colporteur mourant de fatigue et de froid, et je viens vous supplier de m'accorder l'hospitalité pour cette nuit, répondit faiblement le jeune homme, qui avait gravi les marches du perron.

Le domestique, tenant toujours la porte entr'ouverte, le toisa d'un coup d'œil.

— Va ailleurs, juif ; nous n'avons que faire de vagabonds comme toi.

Les longs cheveux et le cafetan dénonçaient la race du jeune homme, qui poussa une exclamation désolée.

— Laissez-moi entrer, ne fût-ce que pour une heure ; je ne vous ferai aucun mal, cria-t-il d'un accent déchirant.

Il ne se sentait plus la force d'aller jusqu'au village.

Le domestique, marmottant une imprécation, allait refermer la porte, lorsqu'une voix sévère demanda ce qui se passait, et un homme de haute taille, jeune encore, un peu replet, parut sur le seuil. Sans écouter la réponse du domestique, il examina le malheureux colporteur, affaissé sur les marches du perron. Une lueur d'espoir ranima le juif, qui réitéra sa prière.

— Entre et sois le bienvenu, dit gravement Kortchenko.

Il se pencha vers le jeune homme et l'aida à se relever.

— Tu devrais avoir honte, Nikita, de renvoyer ce malheureux, dit-il à son domestique d'un ton de reproche.

Nikita se gratta derrière l'oreille.

— C'est que, voyez-vous, Boris Pavlovitch, on ne sait jamais de quoi ces mécréants sont capables, riposta-t-il.

— Tais-toi et va vite lui préparer un souper et un lit. Il est à demi mort d'inanition, interrompit Kortchenko.

Le juif entra dans la maison, soutenu par le bras du propriétaire.

Il grelottait, ses dents s'entre-choquaient.

— Merci ! merci ! balbutiait-il.

Kortchenko le conduisit dans une chambre bien chaude, le déshabilla, aidé de Nikita, qui ne s'acquittait de cette tâche qu'à contre-cœur, et, après l'avoir soigneusement couvert et lui avoir fait prendre une tasse de thé, — le pauvre être ne put avaler autre chose, — il lui souhaita le bonsoir.

Rentré dans son cabinet de travail, il rapprocha son grand fauteuil de cuir du poêle où petillaient de grosses bûches de hêtre, tisonna le feu ; puis, la tête renversée sur le dossier, il se mit à réfléchir, tout en suivant des yeux les étincelles qui s'engouffraient dans le tuyau de la cheminée.

Boris Kortchenko n'avait jamais quitté la Petite-Russie, son pays natal ; il ne connaissait ni Pétersbourg ni Moscou, et lorsqu'il s'était absenté de Sofievka, il n'avait pas été au delà de Kiev. Quant à un voyage à l'étranger, il ne se rappelait même pas y avoir songé. Il se trouvait bien au milieu de ses steppes aux horizons infinis, ne croyait pas que d'autres pays pussent être plus beaux ; il ne comprenait pas qu'il y eût une jouissance comparable à celle de s'occuper du bien-être de ses paysans, qu'il aimait comme s'ils eussent été ses enfants et qui l'adoraient. Son père n'avait jamais quitté le pays non plus ; il s'était marié à la fille d'un propriétaire voisin ; ils avaient été heureux du bonheur qu'ils répandaient autour d'eux. Le fils né de cette union avait été leur joie constante en complétant leur vie ; ils se partageaient entre lui et leurs paysans. Boris Pavlovitch, élevé dans cette atmosphère de paix et d'amour,

n'avait éprouvé aucun des troubles qui commençaient déjà alors à tourmenter la jeune
Russie. Son bon sens, ses sentiments d'huma-
nité et de justice puisés en lui-même lui avaient
fait comprendre et sentir que ces êtres qui lui
appartenaient de par la loi, dont il pouvait
disposer à sa fantaisie, étaient des hommes
comme lui, et qu'étant ses pareils, ils méritaient
une part égale de liberté dans la vie. Ce n'est
pas que ses parents ou lui abusassent jamais de
leurs droits seigneuriaux ; ils s'efforçaient, au
contraire, de relever l'initiative, la volonté
chez ces serfs sur lesquels ils avaient droit de
vie et de mort ; mais la délicatesse des sentiments de Kortchenko se révoltait de posséder
ce droit, qui outrageait l'idée qu'il se faisait de
la dignité humaine.

Quand les vieux Kortchenko moururent,
Boris Pavlovitch affranchit ses serfs bien avant
l'émancipation du reste de la Russie. Les
paysans ne lui en surent presque pas gré.
Son joug avait été si doux que la liberté ne
leur apportait aucun bienfait. Mais s'ils se
réjouirent peu du bonheur qui leur était
accordé, celui qui le leur procurait se sentit

soulagé d'un grand poids. Il avait rempli un
devoir que lui imposait sa conscience : ces
hommes n'étaient-ils pas ses frères et n'avaient-
ils pas les mêmes droits que lui, puisque le
Tout-Puissant forme toutes ses créatures à son
image? Kortchenko était convaincu qu'avec la
charité on serait parvenu à résoudre les pro-
blèmes les plus complexes, à concilier les an-
tagonismes les plus hostiles; un de ses thèmes
favoris était de prêcher les réformes qui de-
vraient être apportées dans la situation des
israélites en Russie.

— Qu'on leur accorde les mêmes droits
qu'aux chrétiens, disait-il souvent, et l'on verra
les bienfaits qui en résulteront pour le pays.

— Vous ne connaissez pas les juifs, lui répon-
dait-on en riant. Vous ne les jugez que d'après
les utopies de votre imagination; il n'y en a
pas un seul dans vos villages, voilà pourquoi
Sofievka est si prospère.

Et on lui citait Kamenka, un hameau situé à
une distance de vingt verstes, où les juifs
s'étaient emparés de tout le commerce, avaient
ruiné et démoralisé les paysans, qui avaient
dans le pays la plus mauvaise des réputations.

1.

Kortchenko répliquait à cela que l'exemple de Kamenka ne démentait point ses théories. Le propriétaire avait affranchi ses serfs, il est vrai, mais il ne s'était jamais occupé de ses terres, ne les connaissait même pas, puisqu'il vivait à l'étranger. L'intendant avait trouvé plus commode de se décharger des soins de l'administration sur les juifs de la ville voisine, qui étaient venus lui proposer d'affermer les champs. Les paysans, ne trouvant plus d'occupation là où ils auraient dû en trouver, allaient en chercher hors du pays; ceux qui restaient étaient les indigents et les paresseux; les juifs les faisaient travailler quelquefois, sans doute, mais les payaient mal, et d'ailleurs, en peu de temps, la population juive s'était tellement accrue à Kamenka qu'elle se suffisait à elle-même.

Le Petit-Russien est adroit, intelligent, mais il est paresseux et ne se réveille qu'à l'appât d'un profit immédiat ou sous l'empire d'une passion; quoique tenace lorsqu'il a un but, il se laisse aisément décourager par l'infortune. La paresse prend le dessus; il courbe la tête sous la fatalité, qu'il n'essaye plus de conjurer, et s'enivre pour noyer son chagrin. On s'enivrait terriblement dans les cabarets de Kamenka, qui étaient aux mains des juifs. La prospérité de ces derniers irritait les indigènes.

— Si le comte A... s'intéressait à ses terres, s'il procurait du travail à ses paysans, ils ne seraient pas désespérés, ils ne boiraient pas autant, ne feraient point de dettes. Par cela même leur animosité contre les israélites n'aurait plus de raison d'être, répondait Kortchenko. Ceux-ci sont industrieux, ils ont de l'argent qu'ils prêtent à des indigents qui ne peuvent pas le leur rendre et qui les détestent. Je ne dis pas que les juifs n'aient pas aussi quelques torts de leur côté, ajoutait-il. Mais s'ils sont rapaces, c'est qu'ils sont forcés par la position qui leur est faite de recourir à des moyens illicites. Ils amassent leurs richesses sou par sou à force de grandes privations; de là leur haine contre les chrétiens. Mettez-les sur un pied d'égalité, et la concorde régnera entre ces castes qui s'exècrent.

L'hospitalité qu'il avait accordée au juif cette nuit le ramenait à ces réflexions. Le feu s'était depuis longtemps éteint qu'il restait

encore enfoncé dans son fauteuil et ne songeait
pas à aller se coucher.

— Que ce serait beau, pourtant, si les
hommes consentaient à oublier les dissensions,
les haines, si la charité unissait toutes les
races, toutes les religions! fit-il enfin à mi-
voix avec un soupir. La pendule, accrochée à
la muraille, marquait minuit; il y jeta les yeux,
se leva lentement, s'étira, et ouvrant la porte
qui communiquait avec l'antichambre :

— Nikita! appela-t-il.

Le serviteur parut, la figure endormie, les yeux
clignotants; peu accoutumé à ce que son maître
veillât si tard, il avait sommeillé en attendant.

— Comment va le juif?

— Il est agité, il parle en dormant, puis il
se réveille et demande à boire. Je le crois
malade, répondit Nikita.

— Je vais le voir avant de me déshabiller;
peut-être faudra-t-il envoyer chercher le médecin, dit Kortchenko en se dirigeant vers la
chambre de son hôte.

Nikita le suivit en grommelant :

— Vous auriez mieux fait de ne pas recueillir ce mécréant... Il nous portera malheur...

A-t-on jamais vu un misérable juif déranger ainsi un seigneur?

— Tais-toi, interrompit Kortchenko.

Nikita avait été élevé avec lui, et se permettait souvent des libertés de langage ; mais cette fois le ton du maître était si péremptoire qu'il courba la tête et l'accompagna en silence.

II

Foma le juif fit une longue maladie; Kortchenko le soigna comme il eût soigné un fils. Il
avait mandé le médecin de la ville voisine, et
passait des nuits entières à veiller au chevet
du malade, qui fut en danger de mort pendant
plusieurs jours.

Nikita ne cessait de déplorer la conduite de
son maître, et, comme il n'osait plus lui en
parler, il se dédommageait avec ses camarades
de l'antichambre :

— Vous verrez que tout cela tournera mal,
disait-il. Il n'y a rien d'assez bon pour ce va-nu-
pieds, on lui donne du bouillon de poulet, du
vin rouge... A-t-on jamais vu chose pareille?

Les autres domestiques hochaient la tête, et
trouvaient que Nikita avait raison.

Quand Foma, bien faible encore, fut en état

de quitter le lit, Kortchenko jugea que le moment était venu de l'entretenir d'un projet qu'il
nourrissait en secret depuis quelque temps
déjà. Il entra un matin dans la chambre de
son protégé. Celui-ci, les pieds enroulés dans
une couverture, était assis dans un fauteuil
moelleux, près d'un grand feu auquel il chauf-
fait ses longs doigts devenus presque diaphanes. Il voulut se lever, mais sa faiblesse était
encore telle qu'il dut s'appuyer aux bras du
fauteuil pour ne pas tomber.

— Ne te dérange donc pas, dit Kortchenko
en le forçant à se rasseoir. — Comment vas-tu
ce matin?

— Mieux!... bien mieux! répondit le juif
d'un ton dolent. D'ici à peu de jours je pourrai
enfin vous débarrasser de ma présence.

Kortchenko s'assit sur une chaise de paille,
qu'il approcha de son interlocuteur :

— C'est précisément au sujet de ton départ
que je veux causer avec toi, Foma, dit-il. Que
comptes-tu faire?... Où iras-tu?

— Je n'en sais rien encore... Je reprendrai
ma vie errante, j'irai d'un village à l'autre vendre ma marchandise...

— Combien gagnes-tu à ce métier-là?

Le juif le regarda d'un air à la fois surpris et méfiant :

— Pourquoi m'adressez-vous cette question?

— Parce que je m'intéresse à toi, et que je puis peut-être améliorer ta situation.

Un éclair passa dans les petits yeux enfoncés de Foma; il se livra à un calcul mental, compta sur ses doigts ce que pouvait lui rapporter une journée.

— De vingt à trente kopecks par jour quand le commerce marche bien, mais quelquefois je ne gagne rien du tout.

Kortchenko réfléchit un instant; Foma le regardait avec inquiétude :

— Connais-tu un métier quelconque?

— Dans mon enfance, on m'a appris celui de cordonnier, répliqua le juif, mais je l'ai vite abandonné; il y avait trop de concurrence dans la ville où j'habitais; c'est alors que je me suis fait colporteur.

Kortchenko poussa une exclamation de joie.

— Ta fortune ne dépend plus que de ta bonne volonté, dit-il... Tu gagnes bon an mal

an une douzaine de roubles par mois.., je t'en
offre vingt si tu consens à rester chez moi. Tu
seras logé, nourri, habillé, tu feras des bottes
pour toute ma maison, et si tu as du temps de
reste, tu l'emploieras à travailler pour les habitants du village. Cela te va-t-il?

Foma, les mains crispées sur les bras du fauteuil, le corps penché en avant, la bouche
ouverte, regardait le propriétaire. L'étonnement, l'incertitude, la méfiance, se lisaient
sur ses traits pâles, que l'émotion marbrait de
taches rouges. Kortchenko attendait sa réponse; son visage souriait, dans ses yeux
honnêtes brillait la satisfaction :

— Ce n'est pas bien de se moquer ainsi d'un
pauvre homme, balbutia Foma en se laissant
retomber dans le fauteuil avec découragement.

— Je ne me moque pas de toi; ce que je
te propose est très-sérieux, reprit Kortchenko,
et il s'expliqua. Il parla longtemps des droits
égaux des hommes, de son admiration pour les
qualités de la race israélite, des moyens qu'il
croyait nécessaires pour développer ces qualités
au profit de la Russie. S'échauffant à ses paroles, il oubliait qu'il avait affaire à un être

sans éducation, incapable de le comprendre;
ses théories favorites l'emportaient, et il se
laissait entraîner. Foma entendait bien sa voix,
mais elle paraissait venir de loin; il n'essayait
même pas de saisir le sens de ses paroles, il
n'avait plus qu'une pensée, il ne voyait plus
qu'une chose : on lui proposait un asile, le
repos; plus que le pain quotidien, presque le
luxe! Vingt roubles par mois! Jamais, dans ses
rêves les plus extravagants, il n'avait espéré
somme pareille. Vingt roubles! ce chiffre miroi-
tait devant ses yeux. Et puis qui l'empêcherait
de gagner davantage? Les domestiques de Kortchenko étaient nombreux, il est vrai, mais ils
n'useraient pas autant de bottes qu'il pourrait
en faire; il en ferait pour les paysans de Sofievka,
pour ceux des environs... Ce n'était pas vingt
roubles qu'il voyait alors, mais une série de
chiffres qu'il ne parvenait plus à compter.

Kortchenko parlait toujours :

— J'accepte! s'écria Foma; puis, comme
effrayé de sa véhémence, il se leva, se prosterna
aux pieds du seigneur et les baisa :

— Je tâcherai de mériter votre bienveil
lance, dit-il d'un ton mielleux.

Kortchenko le releva.

— C'est moi qui suis ton obligé. Je suis certain que tu te rendras utile... et, grâce à toi, j'espère enfin être à même de prouver que mes convictions ne sont pas de vaines utopies.

Foma fut logé dans une des dépendances du château; c'était une petite maison basse, à toit rouge; à droite, se trouvaient une cuisine et une grande pièce servant de salle à manger aux serviteurs; à gauche étaient deux chambres que l'on donna au juif et dont l'une devait lui servir d'atelier; un couloir les séparait de la salle à manger et de la cuisine.

Cette installation fit grand bruit au village. On se racontait en ricanant que le seigneur avait recueilli un mendiant juif, que, non content de l'avoir hébergé et soigné pendant sa maladie, il l'avait prié de se fixer à Sofievka et lui avait fait un pont d'or.

— C'est plus qu'il n'a jamais fait pour un chrétien, disaient les paysans.

C'était la première fois qu'ils critiquaient le seigneur.

Cependant la curiosité était éveillée; on se demandait ce qu'était ce juif merveilleux; il

devait avoir quelque grand mérite pour être
traité avec tant d'égards. Boris Pavlovitch, tout
bon qu'il était, ne l'aurait pas gardé s'il n'eût
espérer en tirer profit. On apprit bientôt qu'il
était cordonnier.

Un dimanche, au sortir de la messe, Nikita,
contemplant ses bottes neuves, avoua qu'elles
n'étaient pas trop mal faites. On l'entoura avec
intérêt; le juif travaillait-il seulement pour le
propriétaire? ne consentirait-il pas aussi à chaus-
ser les paysans? Il n'y avait pas de cordonnier
à Sofievka, et il fallait aller acheter des bottes à
la ville, située à soixante kilomètres de distance.

— Le maître lui a permis d'accepter toutes
les commandes, répondit Nikita.

Dès le lendemain, trois ou quatre clients se
présentèrent chez Foma :

— C'est drôle tout de même, se disaient-ils,
de voir ce juif installé dans la cour du château!

Bientôt Foma fut surchargé de commandes;
il travaillait vite et bien, vendait sa marchandise
à des prix raisonnables :

— Il est vraiment honnête! disaient les
paysans, non sans quelque étonnement.

Kortchenko jouissait de son œuvre; il s'était

pris d'une affection réelle pour son protégé et
ne passait pas de jour sans l'aller voir. En
apprenant que les paysans se fournissaient chez
lui, il se frotta les mains.

Foma passa des semaines sans sortir de la
cour du château; il ne quittait presque jamais
son établi, sauf aux heures de repas, qui le
réunissaient au reste des domestiques. Il avait
tant pâti du froid dans sa vie qu'il s'habituait
difficilement à croire que désormais il n'en
souffrirait plus. Chaque fois qu'il s'arrachait à
sa chambre close, il craignait de ne plus la
retrouver. Il jouissait de son bien-être matériel,
et le soir, en s'allongeant sur le canapé qui lui
servait de lit, il restait éveillé de longues heures,
réfléchissant aux péripéties de son existence.

— Si l'on m'eût prédit, il y a quelques mois,
que je dormirais dans des draps avec un oreiller
moelleux sous ma tête et chaudement couvert,
j'aurais cru à une mauvaise plaisanterie, pensait-il.

La sensation lui en était si douce qu'il remarquait à peine les railleries que les domestiques
et les paysans lui décochaient à l'occasion. Il
est vrai qu'elles n'étaient pas bien blessantes,

car le plus souvent on se contentait de rire de
ce qu'il refusait de manger du porc et de ce
qu'il s'enfermait le samedi pour réciter des
prières. Il se montrait si humble, si conciliant,
si serviable, que l'antipathie provoquée par son
origine disparaissait peu à peu. Seul Nikita continuait à le voir d'un mauvais œil.

III

Il tombait une pluie mêlée de neige; la journée était grise. Au dehors, les arbres du jardin se repliaient sur eux-mêmes comme pour se garantir des rafales de vent qui menaçaient de les déraciner.

Foma s'était rapproché de la fenêtre afin de profiter du peu de lumière de cette terne matinée, mais il ne travaillait pas. Des morceaux de cuir, des outils gisaient pêle-mêle autour de lui; renversé sur sa chaise, il laissait pendre ses mains inertes et suivait machinalement des yeux les gouttes d'eau qui tombaient du ciel. Pour la première fois de sa vie, il s'ennuyait. Que lui manquait-il donc? Rien et tout. Depuis qu'il se souvenait de lui-même, il avait lutté contre la misère; le plus souvent il ignorait ce que lui apporterait le lendemain; son existence jusque-là

avait été une série de calculs subtils pour se
procurer le pain quotidien. Et maintenant, il
n'avait plus à s'en préoccuper, et cependant
jamais il n'avait été aussi triste. Jadis, lors
même qu'il envisageait l'avenir avec crainte,
cet avenir offrait du moins un vaste champ au
développement de son intelligence et de son
habileté ; alors il avait un but, et aujourd'hui
il n'en avait pas. Il vivait seul, presque comme
un paria, car, quelle que fût la bonté de Kortchenko et l'indifférence de son entourage, il se
sentait toléré et non aimé. Jamais on ne le trai-
terait comme un égal ; la déférence même qu'on
lui témoignait lui paraissait ironique. Il gagnait
de l'argent, Il est vrai, mais à quoi cela lui ser-
vait-il ? Il sentait en lui une activité dévorante ;
ses instincts d'industrie se réveillaient ; ce qu'il
recevait ne lui suffisait plus, il rêvait l'indépen-
dance, le pouvoir. Il trouvait que Kortchenko
ne l'appréciait pas à sa juste valeur ; ne croyait-il
pas avoir fait preuve d'une générosité éclatante
en le condamnant à fabriquer des bottes du matin
au soir ? Mais il se sentait de taille à remplir un
emploi bien autrement important. Il étouffait
dans sa petite chambre si chaude ; ouvrant la

fenêtre, il se pencha au dehors, laissant la pluie lui fouetter le visage et le vent soulever sa longue chevelure. A droite, le château se détachait sur un fond d'arbres dégarnis : il lui parut énorme.

— Comme j'aurais su utiliser cette baraque si elle m'appartenait! pensa-t-il.

Son cœur se gonfla d'orgueil et d'amertume. Pourquoi y avait-il là, à sa portée, un homme riche, tandis qu'il était pauvre? Il est vrai que cet homme riche l'avait recueilli, mais ce n'était que l'aumône d'un caprice, et combien de temps le caprice durerait-il?

— Moi aussi, je ne veux dépendre de personne, se dit-il. Et quand je serai riche, j'écraserai sous mon talon ceux qui me méprisent aujourd'hui.

Il referma violemment la fenêtre; une foule de pensées se heurtaient dans sa tête. Il n'avait aucun plan et ne savait encore ce qu'il ferait de son argent, mais il résolut d'en amasser le plus possible. Par quels moyens? Il l'ignorait. A dater de ce moment, il passa les journées courbé sur son ouvrage, tandis que son esprit cherchait à découvrir les voies qui le conduiraient à la fortune. Il ne dépensa plus un kopeck et renonça même à fumer.

— Qu'est-ce qui te prend de ne plus sucrer ton thé? lui demanda Nikita, un soir que les domestiques étaient réunis à souper.

Foma, depuis quelque temps, glissait dans sa poche les deux morceaux de sucre qui étaient déposés sur sa soucoupe.

— Je le préfère ainsi, répondit-il.

— Mais alors pourquoi prends-tu le sucre? Il coûte cher, tu n'as qu'à le laisser, il servirait à un autre.

— Il en fait provision pour le revendre; on n'est pas juif pour rien, dit un autre domestique.

Un éclat de rire accueillit cette phrase, et tous regardèrent Foma, qui avait pâli. Il ne répliqua point, mais un éclair de haine jaillit de ses prunelles; néanmoins il prit ses deux morceaux de sucre et quitta la pièce. Quand il eut refermé la porte, il entendit les quolibets qui saluaient son départ; serrant le poing, il fit un geste menaçant :

— Moquez-vous de moi, je vous le revaudrai un jour.

Le lendemain, Kortchenko l'envoya faire quelques emplettes à Kamenka. C'était un grand

hameau, presque une petite ville, où il y avait
bon nombre de boutiques, toutes tenues par
des juifs. Foma descendit de sa télègue devant
la porte d'un cabaret, attacha son cheval à la
poutre qui supportait le petit toit de bois abri-
tant le perron, et regarda autour de lui. C'était
la première fois qu'il venait à Kamenka. Devant
lui s'étendait une longue rue non pavée; les
hatas [1] s'alignaient tristement des deux côtés;
la plupart étaient en mauvais état et dénotaient
la misère; un arbre grêle s'élevait par-ci par-
là; des enfants sales en chemises trouées grouil-
laient devant les portes. Quelques têtes noires
frisées se mêlaient aux têtes blondes: elles accusaient le type israélite, et ces enfants-là étaient
plus déguenillés que les autres. Au bout de la
rue, près du puits, était un groupe de femmes,
les unes en costume russe, le sarafane serré au-
dessous des seins, les manches bouffantes, en
toile blanche, relevées jusqu'au coude, laissant
voir à nu les bras que rougissait le froid; les
autres en robes « à la française », une jaquette
fourrée sur les épaules, la tête serrée dans un

---

[1] Maisons des paysans de la Petite-Russie.

mouchoir de soie qui descendait jusque sur le
front. Elles causaient avec animation, et Foma
reconnut de loin les accents glapissants de sa
langue maternelle, qu'il n'avait pas entendus
depuis si longtemps. Une femme se détacha du
groupe et s'avança vers le cabaret; ce devait
être une jeune fille, car ses cheveux pendaient
en deux longues nattes le long de son dos;
or il n'est plus permis à une juive mariée de
montrer sa chevelure. Elle s'arrêta devant
Foma, le regarda de ses grands yeux fendus en
amande, et un sourire découvrit ses dents
blanches.

— Que veux-tu? lui demanda-t-elle.

Il lui expliqua ce qui l'amenait; elle l'invita
à entrer au cabaret, qui appartenait à son père,
à se reposer un peu avant de procéder à ses
achats. Il suivit la jeune fille, qui tenait gra-
cieusement un seau d'eau sur ses épaules. Le
verre de vodka qu'elle lui offrit lui parut le
meilleur qu'il eût goûté de sa vie; ses yeux ne
la quittaient pas, et il la trouvait belle.

— Comment t'appelles-tu? lui demanda-t-il.

La juive, qui s'était aperçue de l'impression
qu'elle produisait, lui coula une longue œil-

lade en dessous, puis, baissant les paupières :

— Rébecca, répondit-elle doucement.

Ce soir-là, en revenant par l'obscurité à travers les steppes, Foma ne s'aperçut pas du
mauvais état des routes; la télègue enfonçait
dans les ornières, le cheval s'embourbait sans
qu'il songeât même à l'encourager de la voix.
Il rêvait à Rébecca, la jeune fille brune qui lui
avait souri.

— Si je pouvais l'avoir pour femme! pensait-
il. Elle est charmante, et son père est riche...
Il lui donnera sans doute une belle dot... Ah!
mais il est trop riche pour permettre à sa fille
d'épouser un gueux comme moi.

Sa soif de richesse s'accrut à cette pensée;
il se promit d'être plus âpre au gain, de décupler
son activité pour être en état d'obtenir Rébecca.
Désormais son ambition se doublait d'amour;
mais à mesure qu'elle devenait plus impatiente,
sa haine des chrétiens augmentait. Il les haïssait
de ce qu'il ne pouvait s'enrichir qu'en travail-
lant pour eux, et en même temps il les mépri-
sait parce qu'ils ne comprenaient pas la vraie
cause de son humilité apparente. Lorsqu'il
saluait un paysan, sa tête effleurait le sol, mais

2.

son cœur était gonflé de honte et de rage; il
aurait voulu étrangler celui qu'il avait l'air
d'honorer et qui ne lui servait que de marche-
pied.

Un jour, un moujik lui rapporta une paire
de bottes qu'il avait livrée à la hâte et qui
s'était immédiatement déchirée.

— Tiens, juif, s'écria-t-il, reprends ces bottes,
elles ne valent rien; rends-moi mon argent, ou
fais-m'en une nouvelle paire.

Foma essaya de protester, mais le paysan
tenait bon. Foma blêmit, grinça des dents;
pour faire plus de besogne à la fois, il commençait à se négliger, espérant que sa négligence
passerait inaperçue. Mais si tous ses clients
étaient aussi clairvoyants que celui-ci, ils l'aban-
donneraient; il fallait donc se résigner à refaire
l'ouvrage. Il arracha brusquement la chaussure
des mains du paysan; cet imbécile lui faisait
perdre plus qu'une journée de travail : il lui
enlevait l'espoir d'écouler de la mauvaise marchandise.

— Tâche au moins d'être poli, Foma; on
dirait que c'est ma faute si tu as mal cousu le
cuir, fit le paysan d'un ton plaintif.

Foma, les dents serrées, lui jeta un regard
venimeux; puis, s'inclinant très-bas :

— Je te demande pardon; je voulais me
hâter de réparer mon erreur, dit-il d'une voix
tremblante.

Le paysan ricana.

— Après tout, tu es un bon diable; seulement, tâche de bien faire cette fois-ci, répondit-il en s'en allant.

Ce jour-là, Foma aurait voulu posséder dix
mains, ne plus manger, ne plus dormir, afin de
travailler, travailler toujours. Cette scène se
passait le matin; à dîner, il avala son chtchy à
la hâte et courut s'enfermer dans sa chambre
pour continuer son ouvrage sans se laisser
émouvoir par les plaisanteries de ses camarades. Il piquait fiévreusement un point après
l'autre; sa main, armée de l'alène, se levait et
s'abaissait régulièrement; de grosses gouttes de
sueur perlaient à son front sans qu'il y prît
garde; il avait une courbature à force de rester
des heures l'échine ployée dans la même attitude. Mais que lui importaient ces misères?
Chaque point le rapprochait du but, et l'image
de Rébecca se dressait devant lui. Il avait tant

de commandes qu'il ne pouvait y suffire; cependant il voulait les exécuter toutes, de crainte que, s'il les refusait, on ne s'adressât à un autre. Tandis qu'il travaillait avec acharnement, il sentait au dedans de lui une implacable soif de vengeance contre ces chrétiens dont il ne pouvait se passer. Vers le soir, ses artères battaient follement, le sang affluait à sa tête, qu'il avait tenue baissée pendant tant d'heures, ses doigts écorchés saignaient :

— Je ne ferai plus rien qui vaille, pensa-t-il avec découragement, en jetant à l'autre bout de la pièce le morceau de cuir qu'il était en train de découper.

L'atmosphère de son atelier le suffoquait; il prit sa casquette, sortit et aspira largement l'air frais du dehors.

Il ne faisait pas encore tout à fait nuit, un crêpe gris semblait envelopper la terre; de légères vapeurs s'élevaient du sol humide et le recouvraient d'un voile, comme pour le dérober aux rayons de la lune qui montait à l'horizon. Des effluves printaniers s'échappaient des arbres bourgeonnants, où les oiseaux faisaient déjà leurs nids. La nature entière sem-

blait assoupie ; mais ce calme, contrastant avec
son agitation intérieure, ne fit qu'exaspérer
Foma ; il aurait voulu voir se déchaîner autour
de lui une de ces bourrasques terribles qui
arrachent et brisent tout sur leur passage ;
impassible au milieu de la tourmente, les bras
croisés, le front haut, il aurait aimé crier à
l'ouragan : « Détruis, anéantis tout ce qui n'est
pas à moi et tout ce que j'abhorre ! » et il eût
applaudi à la chute des arbres, à l'effondre-
ment des maisons, à la destruction de la terre.

Il traversa sans s'en apercevoir la longue rue
du village, dont les maisons commençaient à
s'éclairer. Les jeunes filles et les femmes cou-
raient de l'une à l'autre avec des torches allu-
mées, se prêtant ou empruntant du feu, car à
cette époque-là les allumettes étaient encore
chose rare dans le peuple. Les figures jeunes
ou vieilles illuminées par les fagots résineux
d'où s'échappait une fumée noirâtre prenaient
une apparence fantastique. Mais Foma ne voyait
rien. Il dépassa la maison du prêtre, l'église
blanche au toit vert, entourée d'un mur bas
peint à la chaux par-dessus lequel on distinguait
le bout des croix de quelques tombes privilé-

giées. On n'enterrait là que les *dvorovyi*, les
propriétaires pauvres qui n'avaient pas d'église
à eux, ou bien les paysans qui s'étaient illustrés.
Le commun des mortels reposait au cimetière,
situé à peu près à un kilomètre du village.
Foma se dirigeait inconsciemment de ce côté.
A mi-chemin dans la route déserte, son attention fut attirée par une ombre noire qui venait
à lui; cette ombre avançait lentement, et il ne
put se défendre d'un petit frisson; c'était peut-
être quelque moujik attardé et ivre qui, s'il le
reconnaissait, ne manquerait pas de lui faire
des taquineries; le lieu était solitaire, le paysan
pouvait avoir le vin mauvais, Foma eut peur;
il chercha un refuge, mais il n'aperçut autour
de lui que le steppe uni s'étendant à perte
de vue. L'ombre se rapprochait et prenait la
forme d'un homme de haute taille qui semblait
trébucher.

— Foma! Foma! où vas-tu donc? cria une
voix dans l'obscurité. Est-ce moi que tu fuis
ainsi?

Le juif s'arrêta; il avait reconnu la voix du
Père Afanasiy, le prêtre de Sofievka. Revenant
sur ses pas et saluant jusqu'à la ceinture :

— Je ne vous avais pas reconnu, Très-Révé-
rend... je croyais... je pensais... balbutia-t-il
d'une voix mal assurée.

— Tu m'as pris pour un ivrogne, riposta le
prêtre en souriant. C'est la fatigue et non le
vin qui me fait chanceler. J'ai été voir des
malades à quinze verstes d'ici, et comme mon
cheval boitait, j'ai dû faire la route à pied, si
bien que j'y ai à peu près laissé mes chaussures, ajouta-t-il en montrant ses pieds cou-
verts de boue. A propos, Foma, on te dit bon
cordonnier; fais-moi donc une paire de bottes,
je n'ai plus rien à mettre, et il fait encore trop
froid pour marcher nu-pieds. Je te serai obligé
de me les livrer au plus vite.

Foma hésita avant de répondre. Travailler
pour un prêtre orthodoxe! Ses scrupules reli-
gieux se révoltèrent à cette idée; son travail
n'aiderait-il pas pour ainsi dire à la propagande
de cette religion qu'il exécrait? Si Père Afanasiy
était obligé de faire son achat en ville, il devrait
se déranger, s'absenter deux ou trois jours, et
pendant ce temps les paysans mourraient dans
l'impénitence finale, on murmurerait peut-être
contre le prêtre, on lui reprocherait d'avoir

déserté sa paroisse à cette saison, où le printemps amenait une recrudescence de maladies.
C'était bien tentant, mais, d'un autre côté, comment laisser échapper cette occasion de gagner
quelques roubles ?

— Eh bien ! Foma, puis-je compter sur toi ?
demanda Père Afanasiy d'une voix fatiguée.

— Après-demain vous aurez ce que vous
désirez, répliqua le juif en s'inclinant de nouveau.

Le prêtre le remercia, lui souhaita une bonne
promenade et reprit sa marche. Foma attendit
qu'il fût loin pour retourner lui aussi à sa maison.

— J'emploierai un si mauvais cuir qu'il ne lui
servira pas deux jours, et je suis bien certain
qu'il ne se plaindra pas, lui, murmura-t-il avec
un sourire diabolique.

De cette façon, il tranquillisait sa conscience
et la mettait d'accord avec sa rapacité.

IV

Par une lourde soirée d'août, Foma avait
poussé sa promenade jusqu'à la rivière, afin d'y
jouir d'un peu de fraîcheur. La rivière n'était
pas éloignée du village, et au coucher du soleil
les enfants s'y rendaient habituellement pour
pêcher à la ligne. La rive fleurie était tout
émaillée de petits bonshommes en chemises
rouges ou blanches, aux jambes nues, brunies
par le soleil, qui se tenaient immobiles, les uns
assis, les autres debout, de grandes gaules à la
main. Ils suivaient anxieusement les oscillations
du fil sur l'eau, et si un mouvement un peu
violent indiquait la morsure d'un poisson, il
fallait voir avec quel geste énergique ils reje-
taient leurs bras en arrière en se reculant pour
soulever le butin! Chaque petit pêcheur avait
autour de lui une demi-douzaine de camarades

3

plus jeunes qui n'étaient pas encore admis à
l'honneur de se servir d'une ligne, mais qui
entouraient leur aîné avec déférence et se tenaient prêts à obéir à ses moindres volontés.
C'étaient eux qui portaient le grand seau rempli
d'eau destiné à recevoir le produit de la pêche;
ils déterraient les vers servant d'appât, les piquaient sur l'hameçon, et quand ils avaient été
bien obéissants, pour les récompenser, le petit
pêcheur leur permettait de décrocher le poisson
pendu au bout de sa ligne. Lorsqu'on voyait la
proie surgir de l'eau et se tordre dans les airs,
on battait des mains, et quand, après leur avoir
suffisamment fait admirer son adresse, l'heureux pêcheur se décidait à baisser son butin
vers la terre, tous les visages se tournaient
anxieusement vers lui, on ne riait plus, on
attendait le nom de celui à qui serait accordée
l'insigne faveur de débarrasser la ligne de son
fardeau. Foma s'arrêta un moment à contempler
ce spectacle. Une douzaine de gaules se levaient
simultanément, le soleil couchant rougissait les
écailles nacrées des poissons palpitant dans
l'atmosphère bleue, les cris joyeux des enfants
se mêlaient aux bruissements des grillons dans

l'herbe haute, d'où montaient des émanations capiteuses. Un des marmots s'étant retourné aperçut Foma :

— Le juif! dit-il, de cette voix basse qui résonne si haut et qui semble être le privilége des enfants sous le coup de la terreur.

Aussitôt tous se retournèrent, et, se serrant les uns contre les autres, ils regardèrent l'intrus avec de grands yeux moitié effrayés, moitié souriants. On voyait peu le juif au village; jamais il ne caressait un enfant ou un chien; aussi était-il pour eux quelque chose d'étrange qui faisait fuir les uns et aboyer les autres. Cependant, ce jour-là, il paraissait d'aimable humeur, car il s'approcha des petits paysans, leur tapota les joues et leur dit avec bonhomie :

— Continuez, continuez.

Les enfants, le voyant sourire, sourirent aussi; il s'assit sur l'herbe au milieu d'eux, leur permit de grimper sur ses genoux, de jouer avec ses longs cheveux; il ne se fâcha même pas de ce qu'ils s'en étonnaient avec la naïveté de leur âge.

— Veux-tu ce poisson? demanda le pêcheur le plus rapproché de lui, en retirant un sterlet de l'eau. Foma accepta le don, et comme preuve de sa reconnaissance il aida à gratter la terre pour y chercher les vers.

C'était un samedi ; les paysans s'attardaient aux champs afin de rentrer la moisson pour se reposer le lendemain. De grands chariots remplis de maïs et traînés par des bœufs se suivaient lentement sur la route qui longe la rivière. Quelques femmes juchées sur les tas s'y tenaient les unes enlacées, les autres à demi couchées ; leurs jupes multicolores, leurs chemises blanches brodées de rouge et leurs nattes entremêlées de rubans formaient un mélange de tons éblouissants que couronnait l'amas des quenouilles d'or ; leurs silhouettes se détachaient finement sur le ciel où le soleil couchant laissait des traînées pourpre. Les hommes cheminaient à côté des chariots et ranimaient les bœufs paresseux d'un tour de fouet ou d'une parole vive ; de temps en temps ils se baissaient pour ramasser quelque tige tombée à terre. Les femmes chantaient à mi-voix, et les vibrations de l'air gardaient longtemps l'écho de leurs chansons.

— Tiens ! le juif qui s'amuse avec nos

enfants, cria gaiement un paysan. Hue! hue!
ajouta-t-il en enveloppant son attelage d'un
coup de fouet.

Foma le suivit des yeux jusqu'à ce que le
moujick eut disparu dans le village.

— Voilà la richesse! la prospérité! pensait-il.
Que n'eût-il pas donné pour posséder un champ
lui aussi, pour en revenir avec son chariot
pliant sous le poids de la récolte!

Quelques enfants avaient couru sur la route,
et s'étant emparés des grains de maïs que les
paysans avaient négligé de ramasser, ils revinrent tout contents les montrer à leurs camarades; l'un d'eux en avait plein sa chemise,
qu'il relevait des deux mains. A cette vue,
une idée de trafic traversa l'esprit du juif.
Ce maïs si doré, si beau, constituait la nourriture préférée des paysans. Mais il leur faisait
généralement défaut à la fin de l'hiver; alors
c'étaient des plaintes, des doléances interminables. Si quelqu'un s'avisait d'en faire une
bonne provision, il pourrait la revendre au
prix qu'il voudrait vers le printemps. Pourquoi
Foma ne serait-il pas ce quelqu'un?

— Tiens, tu te promènes avec du sucre dans

tes poches? fit une petite fille qui, nichée sur
les genoux du juif, s'était livrée à des perqui-
sitions dans ses vêtements sans qu'il s'en
aperçût, tant il était absorbé. Elle tenait entre
ses doigts les deux morceaux qu'il avait rap-
portés du souper.

— C'est bon, ça! continua-t-elle en faisant
claquer sa langue, et en les regardant d'un œil
de convoitise.

Les autres enfants avaient aussi leurs regards
rivés sur ces petits morceaux blancs qui pour
eux représentaient un régal extraordinaire, car
le sucre est un grand luxe chez les paysans.
Foma tressaillit; il venait de trouver une combinaison.

— Voulez - vous en manger souvent?
demanda-t-il en prenant la friandise des mains
de la fillette, dont les yeux s'emplirent de
larmes.

— Oui! oui! répondirent toutes les voix en
chœur.

— Eh bien! d'abord donnez-moi ce que vous
avez là; ensuite, chaque fois que vous m'appor-
terez dix tiges de maïs, je vous promets un
morceau de sucre en échange.

Les enfants écarquillèrent les yeux et ouvrirent de grandes bouches; ils ne comprenaient pas.

— Mais comment ferons-nous pour t'apporter ce que tu demandes? fit le plus avisé.

Foma hésita un moment; il ne pouvait leur dire ouvertement de voler; s'ils le trahissaient, il serait perdu; comment, sans se compromettre, leur faire comprendre ce qu'il voulait?

— Tenez, regardez sur la route, il y a encore bien des grains qui roulent dans la poussière; recueillez-les avec soin chaque fois que vous verrez passer des chariots... et puis je pense qu'il en est resté pas mal aux champs... par mégarde, ajouta-t-il à mi-voix.

Les interlocuteurs s'entre-regardèrent, ils avaient bien envie de la friandise.

— Ce sera très-difficile, et nous ne t'apporterons que peu de chose, car d'ordinaire on a soin de perdre le moins possible de maïs, répliqua le plus âgé d'un air pensif.

— C'est votre affaire, dit Foma en se levant. Il jeta les morceaux de sucre en l'air. — Goûtez-en, fit-il, et n'oubliez pas que je vous en donnerai chaque fois que vous l'aurez mérité.

Les enfants se jetèrent à plat ventre dans

l'herbe, se disputant la friandise; le juif les considéra un instant, tandis qu'un sourire ironique passait sur ses lèvres minces.

— Je les tiens, pensa-t-il, en reprenant lentement le chemin de sa hata.

Dès le lendemain, une demi-douzaine de gamins lui apportaient ce qu'il désirait. Comme il s'étonnait de la grande quantité :

— Nous avons été dans les champs du seigneur, répondirent-ils en rougissant un peu. Il a tant de maïs que quelques tiges de plus ou de moins ne sont pour lui d'aucune conséquence.

Foma prit alors un air grave et blâma ce procédé, qu'il s'était bien gardé de leur recommander; le peu qu'ils seraient parvenus à glaner sur les chemins après la rentrée des récoltes lui aurait suffi. Les enfants se pressaient dans un coin de l'atelier, effarouchés de ces paroles sévères, auxquelles ils ne s'attendaient pas.

— Tu n'en veux donc plus? se décida enfin à demander l'un d'eux.

— Si fait; apportez-m'en tant que vous pourrez, répliqua vivement Foma, mais ne me dites plus jamais que vous les avez enlevés aux champs, et surtout faites bien attention de n'être

point surpris en venant ici, car alors adieu la
récompense!,

Néanmoins il leur distribua le sucre promis,
qui dissipa bientôt leur embarras, et ils réso-
lurent d'en mériter encore dans le plus bref
délai, quitte à ne pas dévoiler à Foma la provenance de leur butin. Bientôt presque tous
les enfants du village furent du secret, et ils
s'ingénièrent par mille moyens à escamoter autant de maïs que possible. Avec la ruse innée
de l'enfance, ils enveloppaient les tiges soit
dans des mouchoirs, soit dans des gerbes de
fougères, et s'arrangeaient de façon à les porter
à Foma à l'heure de la sieste, quand ils étaient
à peu près sûrs de ne rencontrer personne.
Cependant un jour Kortchenko, regardant par
la fenêtre, aperçut un gamin qui traversait la
cour un gros paquet sous le bras.

— Où vas-tu et que portes-tu? cria-t-il.

Le garçon, interdit un moment, se remit
aussitôt, et, entr'ouvrant le mouchoir, il en sortit un champignon tout frais. Il s'était avisé
d'en couvrir le maïs en cas de surprise.

— C'est Foma qui m'a ordonné de lui
apporter cela, répondit-il.

3.

Kortchenko sourit avec bonhomie; mais comme il était un peu intrigué de savoir ce que son cordonnier faisait de ses champignons, il le questionna à ce sujet dans la soirée.

— Je possède une recette spéciale pour les conserver en hiver, répliqua celui-ci sans se déconcerter, et je voulais vous faire hommage de ma provision.

En effet, au plafond de son atelier étaient suspendus d'innombrables champignons enfilés sur un cordon. Tous ceux qui entraient pouvaient les voir, on les lui apportait avec le maïs; seulement ce dernier était caché dans sa chambre, où personne ne pénétrait jamais, tandis que la provision de champignons servait à expliquer le va-et-vient des enfants. Kortchenko, enchanté de découvrir une nouvelle capacité dans son protégé, ne put s'empêcher d'en faire part à Nikita.

— Tu vois combien ce mécréant, comme tu l'appelles, se rend utile; il se tient tranquille, il travaille et n'a qu'un seul désir, celui de me témoigner sa reconnaissance.

Nikita répondit par un grognement; il n'était pas convaincu.

V

Foma attendit tout l'hiver avant de se défaire des précieuses tiges, qu'il conservait avec soin. Tous les soirs il s'endormait après les avoir regardées, et le matin, à son réveil, elles étaient les premières à réjouir sa vue ; il leur souriait avec satisfaction, en supputant d'avance ce qu'elles pourraient lui rapporter. En attendant, il travaillait sans relâche, vendait à Kamenka les habits neufs que Kortchenko lui donnait, et se contentait d'un vieux cafetan qui le garantissait à peine du froid. Aux grandes occasions, quand il allait faire visite au père de Rébecca, il revêtait des habits moins fripés réservés pour cette circonstance.

Grâce à son activité et à son économie, il était déjà parvenu à amasser un petit capital qu'il portait toujours sur lui, enveloppé dans un mouchoir. De temps en temps, quand il était bien sûr de ne pas être dérangé, il le dénouait et comptait son trésor. Maintenant il allait tous les mois à Kamenka, sous un prétexte ou sous un autre. Kortchenko, qui avait eu vent de son amour pour Rébecca, le plaisantait souvent à ce sujet.

— Pourquoi ne l'épouses-tu pas? lui demandait-il.

— Je suis encore trop pauvre pour prétendre à sa main, répondit Foma avec un soupir.

Kortchenko alors souriait dans sa barbe et lui prêchait la patience.

— Tu ne l'en apprécieras que davantage pour l'avoir désirée plus longtemps, disait-il.

Le juif ne répondait rien, mais il trouvait la patience difficile à pratiquer.

De son côté, Rébecca s'était éprise du cordonnier. Elle avait commencé par s'amuser de ses regards et de ses soupirs langoureux, mais bientôt elle le trouva fort beau garçon et regretta qu'il ne fût pas plus riche. Les deux jeunes gens avaient échangé des aveux, et comme Foma insistait pour parler au père de la jeune fille :

— Garde-t'en bien, avait-elle répondu, tu ne ferais que gâter nos affaires. Mon père te refusera, et comme il est entêté, il ne voudra plus revenir sur son refus, tandis que si, pour solliciter ma main, tu attends d'être arrivé à une certaine aisance, peut-être se laissera-t-il fléchir, quoique je sache qu'il rêve pour moi un parti brillant.

Foma avait dû se résigner à attendre, tout en se consolant par la certitude de ne pas être indifférent à celle qu'il aimait.

Vers le printemps, ses prévisions se réalisèrent; les paysans manquèrent de maïs. C'est alors qu'il jugea le moment opportun pour mettre en vente celui qu'il tenait en réserve, mais il comprenait fort bien qu'il lui fallait agir avec la plus grande prudence : aussi ne fut-ce qu'avec une hésitation si habilement jouée qu'elle eût trompé les plus clairvoyants, qu'il proposa à un de ses clients d'essayer de s'en procurer chez un de ses coreligionnaires qui habitait Kamenka.

— Je sais qu'il en a, dit-il. Je dois aller le voir demain, et, si vous voulez, je puis lui demander de vous en vendre.

— Ah! petit père! ce serait un véritable
bienfait, répondit le paysan tout content, car,
pour comble de malheur, ma femme est malade depuis quinze jours et ne peut manger que
de la *salamata*[1]; elle m'en demande continuel-
lement, et je ne sais comment lui en procurer, à
moins d'aller en ville; or le voyage est une
perte de temps considérable et coûte de l'argent... Mais, ajouta-t-il après réflexion, si
tu me donnais l'adresse de ton ami, je pourrais
m'entendre directement avec lui. Pourquoi
ai-je besoin de ton intermédiaire?

— Mon ami ne trafique pas, et si j'obtiens
ce que tu désires, ce sera une faveur toute
spéciale de sa part. Si tu t'adressais à lui, il
refuserait certainement... Du reste, si tu ne
veux pas que je m'en occupe... tu sais? répliqua Foma en haussant les épaules avec indifférence.

— Non, non, petit père,... rends-moi ce
service, je t'en prie, insista le paysan inquiet.
Tu comprends, si ce n'était ma pauvre femme,
je m'en serais passé, mais aujourd'hui c'est

[1] Sorte de gruau fait avec du maïs.

autre chose... Seulement tâche de ne pas le payer trop cher.

Foma le rassura de son mieux; les deux hommes s'entendirent pour se retrouver le surlendemain, et lorsque le paysan reçut ce qu'il avait demandé, quoiqu'il dût le payer un prix exorbitant, il se confondit en remercîments. Bientôt on sut au village que Foma avait un ami qui lui vendait du maïs, et plusieurs clients se présentèrent chez le complaisant commissionnaire, qui ne refusait jamais ses services.

— Mais comment se fait-il que ton ami en ait amassé une si grande provision? demandèrent enfin les paysans étonnés.

Foma leur confia alors, sous le sceau du secret, que son ami avait un peu glané sur les champs du propriétaire.

— Vous comprenez, ajouta-t-il en forme d'explication, c'est une des raisons qui lui font désirer de ne point divulguer son nom, quoique en somme il n'ait commis aucun mal. Le comte A... ne s'occupe de rien, c'est l'intendant qui empoche les revenus, et il est déjà bien assez riche; de cette façon, mon ami peut vous venir en aide...

Les paysans approuvèrent; l'idée ne leur vint
pas de condamner l'homme qui s'appropriait
le bien d'autrui; ils ne considéraient même
pas son procédé comme un vol, car tout ce qui
provient de la terre n'appartient-il pas à Dieu?
et le bon Dieu étant également un bon père
pour tous ses enfants, chacun n'a-t-il pas le
droit de prendre la part qui lui est nécessaire?
Ce sont les seigneurs qui ont inventé que les
bois et les blés leur appartiennent, mais jamais
les paysans n'admettront la justesse de cette
assertion. Cependant, malgré ce raisonnement,
Foma insista sur la nécessité du silence.

— Mon ami ne fait rien de répréhensible,
dit-il, mais il ne faut pas que Boris Pavlovitch
apprenne que je me suis constitué votre commissionnaire, peut-être le prendrait-il en mauvaise part; les seigneurs ont souvent de si
étranges lubies!

Les paysans comprirent, et aucun des dvorovyi n'eut vent du trafic auquel se livrait le
cordonnier.

Le samedi de Pâques, Foma n'avait plus une
tige de maïs; mais en revanche il possédait de
nombreux billets de dix roubles. Il regardait

sa chambre dégarnie, quand la voix de Kortchenko appela :

— Foma !

Le juif serra précipitamment les billets dans
son sein et courut dans la pièce voisine.

— Pourquoi t'enfermes-tu ainsi? demanda
Boris Pavlovitch, et sans attendre la réponse :
Tiens, dit-il, je veux que toi aussi tu aies ta
part de la joie qui règne dans tous les cœurs à
l'occasion de la grande fête de demain. Tu n'es
pas chrétien, mais le bonheur t'unira à nous.
— Et il lui glissa cinq billets de cent roubles.
— Maintenant te voilà assez riche pour demander la main de celle que tu aimes.

Foma restait bouche béante, le bras tendu,
la main ouverte, n'osant la refermer. Ses regards effarés erraient du visage du propriétaire
aux billets qui lui assuraient le bonheur. Tout
à coup des larmes jaillirent de ses yeux.

— Petit père,... seigneur,... je suis indigne
de tout ce que vous faites pour moi, cria-t-il
enfin d'une voix étranglée, en se précipitant
aux pieds de Kortchenko.

— Relève-toi... Je me suis promis de te
rendre heureux, et je vois bien qu'il te man-

quera quelque chose tant que tu n'auras pas
ta Rébecca.

Foma restait toujours prosterné. Son corps
était secoué par des sanglots.

— Pourquoi pleures-tu? N'es-tu pas satisfait? demanda le propriétaire.

— Je suis indigne,... indigne,... murmura
Foma en frappant de la tête contre le plancher.

Quand il se redressa, il était très-pâle; sai-
sissant la main de son bienfaiteur, il y colla
ses lèvres. Kortchenko se dégagea, l'exubé-
rance de cette émotion le gênait. Comme tous
les gens véritablement bons, il était timide,
presque gêné en présence de ses bienfaits.

— Va vite à Kamenka et décide le père de
ta bien-aimée à te la donner le plus tôt possible. Vous aurez assez de place pour deux ici...
et plus tard nous verrons à augmenter le loge-
ment, dit-il avec un sourire en quittant l'atelier.

Foma courut revêtir son cafetan de cérémonie. Comme il l'enlevait de son clou, il
aperçut le long de la muraille un des cordons qui
avaient servi à enfiler les tiges de maïs et qui y
était encore accroché. Il l'arracha.

— J'ai agi d'une façon ignoble envers cet

homme à qui je dois tout, pensa-t-il ; et un
remords serra son cœur. — Bah ! reprit-il, en
réalité, je ne lui ai fait aucun tort ; ces quelques grains qui lui appartenaient ne sont d'aucune importance pour lui... D'ailleurs, si je
n'en avais pas profité, d'autres l'auraient fait à
ma place.

Le père de Rébecca, le vieux Zachar, opposa
d'abord quelque résistance au mariage de sa
fille, mais l'avenir que Foma faisait miroiter à
ses yeux l'éblouit tellement qu'il finit par céder
aux instances des jeunes gens. La vue des
cinq cents roubles donnés par Kortchenko pro-
duisit un grand effet ; que ne pouvait-on attendre d'un homme capable d'une semblable
générosité ! Le soir, lorsqu'il eut accordé son
consentement, le père et les fiancés se trou-
vèrent assis tous trois à une petite table du cabaret de Kamenka.

— Tu n'oublieras pas ta nouvelle famille,
j'espère, dit le vieillard, tandis que les jeunes
gens échangeaient des regards amoureux et se
tenaient par la main sous la table. — Tu sais,
j'ai des neveux, les fils de ma pauvre sœur morte
l'année dernière ; ce sont des garçons habiles ;

tu pourras leur trouver des places avanta-
geuses à Sofievka; ici les paysans sont si pauvres qu'il n'y a plus rien à en tirer.

Foma promit tout ce que Zachar voulut; les
yeux noirs de Rébecca et le contact de sa main
le grisaient bien plus que la vodka qu'on lui
faisait boire. La jeune fille le regardait tendre-
ment par-dessous ses longs cils et soulignait les
paroles de son père par une pression de ses
doigts effilés.

Le mariage eut lieu quelque temps après à
Kamenka, qui possédait une synagogue. Ce fut
Kortchenko lui-même qui offrit le pain et le sel
à la mariée, quand elle entra dans sa nouvelle
demeure, où il avait fait ajouter quelques
meubles.

— Sois aussi bienvenue que l'a été ton mari,
dit-il d'un ton ému.

La juive lui coula un long regard qui semblait déborder de reconnaissance, mais qui, en
réalité, tâchait de pénétrer le visage de l'homme
dont on lui avait conté tant de choses éton-
nantes. En la quittant, son père lui avait recommandé de ne négliger aucun moyen de continuer la fortune si bien commencée.

— Ce Kortchenko doit être une mine d'or.
Tu es une fille intelligente, Foma est amoureux,
tu en feras ce que tu voudras, ta fortune est
entre tes mains.

La jeune fille se le tint pour dit.

Elle commença par étudier l'entourage, par
combler de prévenances les femmes des dvorovyi ; elle les invitait à prendre le thé chez
elle, les faisait causer, essayait de découvrir
les faiblesses du maître, de ses serviteurs,
des paysans. Mais ses questions étaient invaria-
blement suivies de la même réponse ; tout le
monde était heureux à Sofievka, et personne ne
se plaignait de rien. Elle se dit qu'il serait difficile de tirer parti de gens aussi satisfaits de
leur sort ; cependant, tenace comme toutes les
filles de sa race, elle ne se découragea point.

— Mais que veux-tu de plus que tu n'as ?
demanda Foma un jour qu'elle se lamentait de
voir son activité limitée à un champ aussi
restreint.

— Ce que je veux ? Viens ici, lui dit-elle en
l'entraînant sur le perron et étendant son bras
vers la demeure seigneuriale. — Vois-tu ce
château, ce jardin, ces arbres ? je veux tout

cela... et je les aurai, ajouta-t-elle plus bas avec une flamme dans les yeux.

Foma haussa imperceptiblement les épaules.

— C'est impossible! dit-il; mais il soupira, et son regard resta longtemps attaché sur cette grande maison qui l'avait recueilli pauvre petit colporteur à demi mort de froid et de faim.

Rébecca avait eu des difficultés à vaincre pour se faire bien venir des paysannes, mais elle avait fini par y réussir, et il ne se passait pas de jour que l'une ou l'autre n'entrât causer quelques instants avec elle et n'acceptât la tasse de thé ou de café qu'elle ne manquait jamais d'offrir.

— Nous allons nous ruiner à héberger tout ce monde, disait Foma. Mais il était trop amoureux pour résister aux caprices de sa femme, et lorsque celle-ci un jour rapporta de Kamenka un petit baril de vodka qu'elle avait dissimulé au fond de sa télègue, il ne sut protester que faiblement. Cette prodigalité lui paraissait superflue. Rébecca écouta ses récriminations avec un sourire énigmatique.

— Laisse-moi agir! fut tout ce qu'elle dit,

et désormais chaque fois qu'un moujik venait
commander une paire de bottes à son mari, elle
lui offrait un petit verre. Les clients, enchantés
de l'aubaine, se présentèrent en plus grand
nombre qu'autrefois; on saisissait avec joie le
moindre prétexte pour se rendre chez Foma;
tantôt c'était un point à recoudre, tantôt une
semelle à remettre; mais il était rare qu'on s'en
allât sans s'être laissé persuader par Rébecca de
la nécessité de se commander une nouvelle paire
de chaussures.

— Je ne suffis plus à tout ce travail, soupi-
rait Foma.

Rébecca souriait toujours de son sourire de
sphinx et répétait :

— Travaille!

Elle l'aidait d'ailleurs autant qu'elle le pouvait
et n'épargnait ni ses doigts ni ses yeux.

— Que ne m'envoyez-vous vos enfants?
demanda-t-elle, quelques semaines après son
arrivée, à un gros paysan qui en était déjà à son
second petit verre. Ils traînent dans la rue du
matin au soir et s'habituent ainsi à la paresse.

— Et qu'en feras-tu? demanda le paysan en
riant.

— Je leur apprendrai à lire, ce me sera une distraction.

La mine du paysan devint perplexe, il se gratta longtemps derrière l'oreille.

— C'est bien aimable à toi, petite mère, dit-il enfin; mais c'est que, vois-tu, apprendre coûte cher, et je n'ai pas de quoi payer les leçons. Il y a bien l'école que Boris Pavlovitch a instituée au village. On y va gratis, mais il faut pourtant donner un cadeau de temps en temps au professeur, et pour ce qu'il enseigne, cela n'en vaut pas la peine. Je te remercie quand même.

— J'instruirai vos enfants pour rien, répondit Rébecca avec son plus charmant sourire. Je vous dis que c'est pour me distraire, je m'ennuie; chez mon père j'étais entourée de marmots, et ils me manquent ici.

Foma écoutait cette conversation avec étonnement; quelque rusé qu'il fût, il ne comprenait pas où sa femme voulait en venir.

— Comment! tu consentirais à perdre ton temps ainsi? demanda le paysan ébahi; et, comme Rébecca faisait un signe afirmatif, il se leva, s'inclinant jusqu'à la ceinture :

— Je te croyais bonne, mais je vois que tu es encore meilleure que je ne pensais, dit-il avec attendrissement.

Dès le lendemain, quatre gamins de sept à douze ans faisaient leur apparition dans l'izba de Foma. Rébecca leur apprit d'abord quelques lettres de l'alphabet, puis elle leur enseigna à se servir des outils du cordonnier. Au bout d'une semaine, une dizaine d'enfants se réunissaient chez elle; on lui en proposa d'autres, car toutes les mères étaient désireuses de faire l'éducation de leur progéniture à si peu de frais; mais elle refusa sous prétexte qu'elle ne saurait s'occuper convenablement d'un plus grand nombre d'élèves. Les petits, eux aussi, étaient enchantés; car, au lieu de l'immobilité forcée de l'école, on leur offrait nombre d'occupations variées; les uns découpaient le cuir, les autres le cousaient; l'izba prenait l'aspect d'un véritable atelier; pendant qu'ils aidaient Foma à accélérer sa besogne, Rébecca leur enseignait quelques lettres par-ci par-là. Les parents ne pouvaient assez se louer de la bonne fortune qui leur tombait en partage; non-seulement les enfants apprenaient à lire, mais aussi à travailler; ils sauraient un métier qui ne manquerait pas de leur être utile dans l'avenir, et tout cela sans dépenser un kopeck. Quant à Kortchenko, il était au comble de la satisfaction. Jamais il n'avait espéré un tel succès. Aussi ne se lassait-il pas de s'en vanter à ses voisins, auxquels il citait Foma et sa femme comme le modèle des ménages.

Les choses marchèrent ainsi pendant quelque temps; puis tout à coup Rébecca cessa d'offrir à ses clients le petit verre auquel elle les avait habitués.

— Pourquoi es-tu devenue si avare? lui demanda un moujik moins délicat que les autres. Jadis tu nous régalais toujours, et maintenant tu nous laisses partir le gosier sec.

— C'est bien contre mon gré, croyez-le, répondit la jeune femme; ce que je vous offrais était un cadeau de mon père, mais il ne veut plus le renouveler, et nous ne sommes pas assez riches pour acheter de cette vodka.

— Le fait est qu'elle était excellente, répliqua le paysan en passant sa langue sur ses lèvres comme pour y retrouver le goût de la boisson; c'était un des habitués les plus assidus

du cabaret du village. N'y aurait-il pas moyen
d'en obtenir encore?

— Pourquoi pas? fit Rébecca; seulement il
faudrait la payer.

— Qu'à cela ne tienne! Procure-t'en, et tu
me diras ce que cela coûte...

— Eh bien! avais-je tort de leur offrir à
boire? dit Rébecca d'un air triomphant dès que
le paysan eut tourné le dos.

— Comptes-tu par hasard établir ici un
débit de boissons? demanda Foma effrayé. C'est
dangereux; si nous sommes découverts, nous
serons chassés.

— Laisse-moi faire et n'aie pas peur, répondit
la jeune femme.

A partir de ce jour, elle eut toujours en réserve un petit tonneau de vodka dissimulé dans
sa chambre, là même où Foma avait précédem-
ment caché le maïs. Elle se la procurait à Kamenka chez son père, l'apportait dans sa télègue
quand elle allait lui faire visite, et prenait bien
soin de ne rentrer que tard dans la nuit. Tout le
monde était endormi, personne ne voyait transporter le tonneau de la charrette à l'izba. Comme
elle faisait payer l'eau-de-vie moins cher qu'au

cabaret, les consommateurs devinrent nombreux, et chose étrange, personne ne trahit le
secret de ce commerce, qui, en peu de mois,
porta un préjudice réel aux intérêts de Kortchenko. Le cabaret de Sofievka était tenu par
un homme à ses gages, qui y vendait la vodka
fabriquée à la distillerie du propriétaire, située
à peu de distance du village. Pour mettre autant
que possible un frein à l'ivrognerie, Kortchenko
faisait débiter la boisson à un taux assez élevé;
aussi jusque-là ce fléau, si commun en Russie,
avait-il été presque épargné à Sofievka; mais
depuis le commerce clandestin du ménage juif,
les paysans étaient affriandés par le bon marché;
tout en désertant le cabaret, ils n'en buvaient pas
moins, au contraire! Foma, d'abord effrayé de
la hardiesse de sa femme, ne tarda pas à s'en
féliciter.

— Boris Pavlovitch finira par apprendre ce
qui se passe ici, lui disait-il cependant quand
la terreur le reprenait.

— Eh bien! qu'importe? S'il nous renvoie,
nous nous établirons au village, répondait-elle
tranquillement.

La catastrophe redoutée éclata plus tôt qu'ils

ne l'avaient prévu. Nikita, dont le juif n'était pas parvenu à vaincre la défiance, s'était aperçu du nombre toujours croissant de visiteurs qui se rendaient chez le cordonnier.

— Il est impossible que ce soit seulement pour des chaussures, avait pensé le domestique, et il s'était mis à surveiller la maison, dont les allures lui paraissaient suspectes.

D'abord il ne surprit rien; étant une fois entré à l'improviste, il trouva trois ou quatre paysans attablés devant une bouteille et des verres; mais, aussitôt qu'elle l'aperçut, Rébecca lui proposa de goûter du cadeau que venait de lui envoyer son père. Nikita déclina cette offre et sortit mécontent. Quoi de plus naturel que Zachar envoyât de temps en temps une bouteille à sa fille? Cependant le serviteur hochait la tête d'un air de doute.

— On n'est pas juif pour rien, répétait-il, et je suis certain qu'ils manigancent là quelque chose de malpropre.

Il était convaincu que tout cela cachait un mystère, et il se jura de le découvrir. L'occasion s'en présenta inopinément. Un soir, à l'heure du souper, Nikita se dirigeant vers la hata de

4.

Foma, dont une partie servait, comme on sait, de salle à manger à la domesticité du château, rencontra près du seuil un gamin d'une dizaine d'années qui pleurait à chaudes larmes et paraissait si malheureux qu'il l'arrêta pour lui demander la cause de son chagrin. D'abord il ne reçut aucune réponse satisfaisante.

— Je serai roué de coups si l'on apprend que j'ai parlé, balbutiait l'enfant à travers ses sanglots. — Cependant, comme le domestique insistait et l'assurait de sa discrétion : — Voilà six semaines que Foma me fait travailler du matin au soir... C'est moi qui apprête le cuir, qui suis chargé de tout le gros ouvrage. Dimanche, j'ai voulu aller jouer, mais il a refusé de me donner congé... Il avait un travail pressé.

— Mais je croyais, Fedia, que Rébecca t'apprenait à lire ? demanda Nikita, voyant l'enfant hésiter de nouveau et promener un regard effaré autour de lui.

— Apprendre à lire !... Allons donc ! Je ne sais même pas l'alphabet depuis que j'y vais... Nous ne sommes là que pour aider le juif.

— Et pourquoi ne le dis-tu pas à ton père ?

— Ah ! voilà ! Je me suis plaint à lui ; alors il

m'a traité de paresseux, d'imbécile... C'est qu'il aime ce maudit juif... il y va tous les jours pour y boire de l'eau-de-vie... Et tenez, maintenant il y est encore, et comme je ne pouvais plus tenir l'aiguille, — Fedia montra ses doigts éraillés, — il m'a jeté à la porte avec un coup de poing...

Nikita emmena avec lui le garçon, qui lui raconta la façon dont Foma s'était procuré du maïs, — il en avait apporté lui-même, — le trafic de vodka, et le reste.

— J'en étais certain! s'écria le domestique.

Rassurant l'enfant de son mieux, il le renvoya à moitié consolé, et courut chez son maître.

VI

Ce jour-là, Kortchenko avait une réunion de
voisins. On venait d'achever le souper, mais les
convives étaient encore à table, savourant leurs
cigares et leur thé. Boris, renversé sur le dossier de sa chaise, regardait complaisamment le
grand samovar en cuivre rouge brillant placé
devant lui. De temps en temps, il approchait
du robinet la théière de porcelaine et la rem-
plisait d'eau jusqu'aux bords, puis il avançait
la main pour prendre les verres vides de ses
invités et les remplissait de thé bouillant.
Quiconque n'a pas habité la province en Russie
ne peut s'imaginer la quantité extraordinaire
de liquide que peuvent contenir les estomacs
des indigènes. Tout en s'acquittant de ses devoirs
de maître de maison, Kortchenko n'avait pas
manqué d'enfourcher son dada favori. Il était

justement en train de s'étendre sur les mérites
du couple juif qu'il avait établi à Sofievka,
lorsque la tête ébouriffée de Nikita se montra
par la porte entre-bâillée. Quelque événement
grave devait s'être passé pour qu'il se permît
de déranger son maître en pareille conjoncture.

— Qu'y a-t-il? demanda Kortchenko, non
sans une vague appréhension.

— Il y a, petit père, que ce que j'ai prédit
dès le premier jour est arrivé. Le juif vend
de l'eau-de-vie en cachette dans ta propre
cour; il démoralise les paysans, il maltraite
les enfants...

— Que veux-tu dire? explique-toi;... il faut
que tu sois ivre pour débiter de pareilles sor-
nettes... interrompit Kortchenko, très-pâle, en
se levant et en se rapprochant de Nikita, qui
s'était avancé jusqu'au milieu de la pièce sans
se soucier des regards étonnés des voisins qui
l'écoutaient bouche béante.

Le domestique était fort ému. A l'exaspération qu'il ressentait contre celui qui abusait de
la confiance de son bienfaiteur se mêlait aussi
un certain sentiment d'orgueil causé par la
réalisation de ses pronostics. C'était la vivacité

de ces sentiments complexes qui l'avait entraîné
à oublier le respect qu'il devait à son maître
et à faire irruption dans la salle à manger. Il
toussa pour bien éclaircir sa voix, passa le revers
de sa manche sur sa bouche, et, les deux bras
collés aux coutures de son pantalon, il répéta les
révélations de Fedia. Kortchenko pâlissait à
mesure que son serviteur parlait, et ressentait
contre lui une espèce de colère irraisonnée.
D'abord il ne voulut pas le croire; mais lorsque
l'accent de vérité de Nikita l'eut convaincu pour
ainsi dire malgré lui, il éprouva un désir violent de le prendre par les épaules et de le mettre
à la porte. Cependant il se contint, et, comme
il était essentiellement juste, il se reprocha ce
mouvement d'humeur; mais pourquoi Nikita
n'avait-il pas attendu le départ des voisins pour
parler? Kortchenko voyait autour de lui des
regards moqueurs; personne ne soufflait mot;
seule la voix sonore de Nikita résonnait dans la
salle; il n'en entendait pas moins les réflexions
mentales auxquelles se livrait tout ce monde,
heureux de l'effrondrement de ses illusions. Un
moment il baissa la tête et rougit de sa bonté
comme s'il eût été pris en faute. Cependant sa

fierté naturelle l'éleva bientôt au-dessus de cette
faiblesse; il promena un œil franc sur les visages
ironiques, qui se baissèrent à leur tour.

— Il paraît que je me suis trompé, mes-
sieurs; on commet souvent des erreurs avec
les meilleures intentions, dit-il d'un accent
qu'il s'efforçait de rendre calme. Je m'y suis
probablement mal pris et n'ai pas su pourvoir à
tous les besoins de mes protégés; la responsabilité de ce qui arrive retombe sur moi seul.

Les voisins, qui s'attendaient, d'après le
début de sa phrase, à le voir renier ses théories
pour adopter les leurs, le regardaient avec
étonnement; ils se réjouissaient déjà de lui
prouver combien il avait été dupé et combien
leur clairvoyance était supérieure à la sienne.
En s'accusant, il coupait court à toute discus-
sion.

— Tu peux t'en aller, Nikita, continua-t-il
en reprenant sa place auprès du samovar; je
verrai plus tard ce qu'il y a à faire.

La stupéfaction du serviteur égala celle des
convives; la placidité de son maître le déroutait.
Sans escompter les conséquences immédiates
de sa révélation, il s'était cependant bercé de

l'espoir que Kortchenko, exaspéré, renverrait les coupables séance tenante, et que Sofievka serait purgée de ce couple détesté. Et voilà qu'au lieu de les confondre, il reprenait sa place à la table, comme si ce qu'il venait d'apprendre ne le touchait en rien.

— Ce mécréant lui aura jeté un sort, pensa Nikita en adressant à son maître un regard de commisération mêlé de terreur.

Il sortit lentement et alla méditer au fond du jardin sur les moyens de conjurer le mal.

Cependant, malgré son calme apparent, Kortchenko était profondément troublé ; ce fut donc avec un véritable soulagement qu'il entendit les clochettes et les grelots des attelages de ses hôtes résonner dans la cour, et annoncer leur départ prochain. Il les reconduisit jusqu'au perron, selon son habitude, et les vit installés chacun dans son drochky ou son tarantass, souriant, mais les mains crispées d'impatience, et le dos tourné à la maison de Foma.

— Le voilà, le mécréant! s'écria en riant un des visiteurs en désignant du doigt une ombre qui venait d'apparaître sur le perron du juif.

Kortchenko ne dit rien, salua encore; les voitures s'ébranlèrent enfin : il était seul.

Quand le dernier drochky eut disparu au tournant de la route, il regarda la demeure de son protégé. Les deux petites fenêtres de l'atelier étaient éclairées; un vent d'automne sifflait dans les arbres, qui craquaient avec un bruit sinistre. Une indicible tristesse serra son cœur. Jusqu'ici il avait ignoré l'amertume de l'ingratitude; il avait toujours pratiqué le bien, et ce bien lui avait toujours réussi; peut-être est-ce pour cette raison qu'il y croyait ardemment. Ce n'est pas qu'il s'attendît à de la reconnaissance; en faisant une bonne action, il ne songeait pas à ce qu'elle lui rapporterait, il suivait le penchant naturel de son cœur et se trouvait amplement récompensé en voyant des heureux autour de lui. Il n'avait recueilli que des bénédictions dans sa vie, ce qui l'avait rendu confiant; il ne croyait pas au mal; aussi le déchirement causé par la conduite de Foma fut-il peut-être plus grand que ne le comportait la circonstance. Il demeura longtemps dans l'obscurité, le visage tourné vers l'habitation de celui qui le trompait; une larme tomba sur sa joue; c'était la première

qu'il versait depuis la mort de ses parents ; puis,
le front courbé, il rentra à pas lents dans sa
demeure. Cette nuit-là, il dormit mal. Qu'allait-il
faire ? Comment agir avec Foma ? Il n'éprouvait aucun ressentiment, mais seulement une
immense tristesse.

— J'ai pourtant fait mon possible pour le
rendre heureux, se répétait-il.

Sa conscience ne lui reprochait aucune négligence. Il sentait qu'il devait se décider, et
prendre une résolution, non-seulement pour
mettre un terme au trafic frauduleux de Foma,
mais pour le renvoyer de la cour du château.
Les domestiques avaient sans doute connaissance des révélations de Nikita, sans parler
des paysans, qui étaient du complot.

— Et eux aussi me trompaient ! se dit-il avec
douleur en se retournant fiévreusement dans
son lit.

Peut-être cette pensée lui fut-elle la plus amère.

Le lendemain, de bonne heure, il se rendit
chez Foma, qu'il trouva en manches de chemise déjà à l'ouvrage. Rébecca, une katsaveïka[1]

---

[1] Casaquin à gros plis porté par les femmes des dvorovyi,
les marchandes, etc.

déchirée sur les épaules, rangeait la chambre. Cette katsaveïka, jadis fort belle, était un cadeau du propriétaire; mais avec le manque de soins de sa race, elle l'avait portée sans la nettoyer ni la raccommoder jusqu'à ce qu'il n'en restât que des lambeaux de soie entre lesquels perçait la ouate de la doublure.

Kortchenko s'arrêta sur le seuil et considéra celui qu'il avait sauvé d'une mort presque certaine; pour la première fois, il fut frappé de l'expression indécise et rusée du regard qui, jusque-là, ne lui avait paru qu'intelligent. Il découvrit dans la physionomie des lignes qui accusaient l'astuce et la dureté; les doigts longs lui parurent crochus, rapaces; le front fuyant, que recouvraient des mèches droites et graisseuses, avait quelque chose de bas indiquant des instincts inférieurs. Il lui sembla découvrir un nouvel homme dans celui qu'il croyait si bien connaître. La voix nasillarde de Foma interrompit sa rêverie.

— Fais-nous donc la grâce d'entrer, petit père Boris Pavlovitch, disait-il d'un ton doucereux.

Rébecca épousseta du pan de sa katsaveïka

un escabeau en bois et le lui offrit; mais il le
refusa du geste, et, debout au milieu de l'atelier :

— Foma, est-ce qu'il te manque quoi que
ce soit? demanda-t-il avec douceur en regardant le juif dans le blanc des yeux.

— Pourquoi cette question, seigneur ? Que
puis-je souhaiter de plus que ce que vous m'a-
vez donné? répondit celui-ci.

Jetant son ouvrage à terre et se prosternant
aussitôt aux pieds du propriétaire, il entama
une litanie de remercîments.

Rébecca, appuyée à la muraille, ne quittait
pas des yeux Kortchenko, dont la physionomie
lui paraissait bizarre; son instinct féminin lui
faisait pressentir un danger.

— Alors, s'il ne te manque rien, pourquoi
trafiques-tu de la vodka en cachette? pourquoi
entraînes-tu les paysans à l'ivrognerie? pourquoi pervertis-tu les enfants? interrompit Kortchenko d'un ton sévère.

Le juif se releva avec la souplesse d'un chat,
blêmit en tremblant de tous ses membres. Il se
tenait les mains jointes, la tête enfoncée dans
les épaules, le dos voûté comme s'il se fût attendu à recevoir une volée de coups. Le pro-

priétaire lui reprocha son ingratitude, lui expliqua, comme à un enfant, le mal qu'il faisait,
non-seulement à lui, mais surtout aux paysans.
A mesure qu'il parlait, le dos voûté de Foma
se redressait; il abandonnait son attitude suppliante; sa frayeur se calmait; il ne serait pas
battu, et, en présence de la magnanimité de
son bienfaiteur, il recouvrait son impudence.
Rébecca, les pupilles dilatées, le regard flam-
boyant, s'était rapprochée de son mari, et tous
deux maintenant se tenaient devant le propriétaire, non comme des coupables devant un
juge, mais comme des victimes injustement
calomniées.

— Ce n'est pas vrai! répétaient-ils à l'unisson.

Alors Kortchenko marcha droit à la chambre
voisine, dont la porte était ouverte. Dans un
coin se trouvait un tonneau de vodka et auprès
une douzaine de verres; il posa la main sur la
pièce de conviction :

— Pourquoi ceci? demanda-t-il.

Foma n'avait pu retenir une exclamation en
le voyant pénétrer dans cette chambre; mais il
n'avait pas eu le temps de lui en défendre
l'accès.

— Vous allez quitter cette maison et Sofievka,
dit Kortchenko.

Son cœur se serrait; il espérait encore un
bon mouvement; si Foma eût avoué sa faute,
il la lui aurait peut-être pardonnée. Mais le
juif le regarda en ricanant.

— Vous êtes le maître de me renvoyer d'ici,
dit-il; quant à me chasser de Sofievka, c'est
une autre affaire... Chacun peut y demeurer.

Kortchenko ne répondit pas; Foma avait
raison; il pouvait bien lui interdire le séjour
du château, mais il n'avait aucun droit de le
renvoyer du village. Cette réponse insolente,
au lieu du repentir qu'il espérait, lui fit mal, et
il quitta la hata sans ajouter un mot.

— Nous nous en irons dès aujourd'hui, vous
pouvez y compter, cria Rébecca.

Kortchenko referma la porte et traversa la
cour accablé.

A peine fut-il éloigné que Foma se laissa
tomber sur un banc :

— Qu'allons-nous devenir maintenant? dit-il
avec découragement.

— Nous allons être riches et puissants, nous
serons les maîtres du village, s'écria Rébecca

en ramassant avec précipitation les objets épars dans la pièce. Elle s'était emparée d'un grand drap qu'elle avait étendu par terre et y jetait pêle-mêle tout ce qui lui tombait sous la main :

— Tu es un imbécile si tu ne comprends pas qu'en nous en allant d'ici nous avons tout à gagner... Nous perdons les vingt roubles de ce chrétien, il est vrai, mais nous les regagnerons au centuple en faisant le commerce d'eau-de-vie au village ; on nous y connaît bien maintenant, et d'ici peu nous ruinerons le cabaret de Kortchenko. Va immédiatement chez Gavrilo et demande-lui l'hospitalité en attendant que nous trouvions mieux.

Les instincts d'industrie de Foma se réveillèrent à ces paroles ; il saisit sa casquette graisseuse et courut chez le père de Fedia, Gravilo, qui était un de ses clients assidus.

Le paysan était occupé à transporter ses effets de la pièce qu'il avait occupée l'été dans celle qui lui servait l'hiver. Toutes les maisons des moujiks un peu aisés se composent de deux parties, dont l'une, sans poêle, est habitée pendant la saison chaude, et l'autre, mieux calfeutrée, à doubles fenêtres, avec le grand

poêle bas de faïence qui constitue à la fois lit et
canapé, sert pendant l'hiver. Or l'automne était
avancé, et Gravilo changeait de domicile :

— Le seigneur m'a chassé ! gémit Foma en
entrant.

— Et pourquoi? demanda le paysan, laissant tomber dans sa surprise une pile de cous-
sins qu'il tenait dans ses bras.

— Parce qu'il a découvert que je vous ven-
dais de la vodka supérieure à la sienne et moins
chère, continua Foma d'un ton lamentable. —
Il s'était affaissé sur un coin du banc qui faisait
le tour de la pièce.

— Il ne me reste plus qu'à m'en aller, à
quitter Sofievka, à errer par le monde. Sans
gîte, sans abri... je suis venu te dire que tu ne
t'attendes plus à trouver ton petit verre chez
moi...

— Allons donc! c'est impossible, répliqua
Gravilo avec vivacité.

C'était un brave homme, mais borné et
très-friand de la bouteille. La perspective d'être
privé de la vodka que lui servait Foma lui était
désagréable.

— Où veux-tu que j'aille ? Je n'aurai pas

le courage de me présenter à mon beau-père
et de lui demander l'hospitalité ; il ne me par-
donnera pas ma maladresse. Et Rébecca qui
va bientôt accoucher ! continua Foma, qui réus-
sit à faire jaillir des larmes de ses yeux. —
Ah ! maudit soit le jour où j'ai cédé à vos
instances et où j'ai introduit le premier baril
de vodka dans ma maison pour vous faire
plaisir ! continua-t-il... Je paye cher ma com-
plaisance.

Gravilo se grattait la nuque d'un air perplexe ; il se sentait quasi responsable de la dis-
grâce de Foma ; en effet, si ce dernier n'avait
pas vendu de boisson, il aurait continué à
jouir de la bienveillance du seigneur ; or, il
n'en avait vendu que parce que les paysans
désiraient en acheter ; par conséquent, ils
étaient en partie coupables de ce qui arrivait
et devaient réparer autant que possible le tort
qu'ils avaient causé. Toutes ces réflexions se
pressaient dans l'esprit peu clairvoyant mais
charitable de Gavrilo.

— Écoute, dit-il, si tu ne sais où reposer ta
tête cette nuit, je t'offre cette pièce ; il ne fait
pas encore trop froid pour y demeurer ; demain,

tu seras plus calme et tu décideras de ton avenir!... Tout de même c'est dur de la part du
seigneur de te renvoyer ainsi, et ça lui ressem-
ble bien peu... Il paraît qu'on ne doit jamais
se fier à ces gens-là, ajouta-t-il d'un air pensif.

Foma se garda de lui avouer qu'il précipitait
lui-même son départ; il entrait dans ses calculs
de faire juger Kortchenko d'une façon défa-
vorable. Éteignant la flamme de ses prunelles,
il s'inclina devant le paysan comme il s'était
jadis incliné devant le seigneur, et le remercia
en pleurant.

Quand Fedia apprit que le juif s'installait
dans la maison de son père, il courut en
avertir Nikita. Il craignait que ce dernier ne
l'eût trahi et qu'on ne lui fît payer cher sa dénonciation.

— Je ne veux plus rentrer, criait l'enfant
affolé. Il me fera travailler pour lui jusqu'à
extinction de forces, je serai battu...

Nikita eut beaucoup de peine à le calmer et
à le faire retourner chez ses parents.

Recueilli par Gavrilo, Foma trouva tous les
jours un prétexte pour rester jusqu'au lendemain; les premières neiges blanchissaient déjà

les steppes qu'il n'avait pas encore découvert
d'installation qui lui convînt. Finalement,
comme il commençait à faire froid, il demanda
l'autorisation d'établir à ses frais un poêle dans
la pièce qu'il occupait; le paysan y consentit de
bon cœur.

— Puisque tu te résignes à cette dépense,
ajouta-t-il, tu feras aussi bien de passer l'hiver
dans ma hata; tu y es le bienvenu.

C'est ainsi que Foma élut domicile dans la
maison du paysan, aux portes mêmes du château, qu'il narguait d'un air de défi. Il continua ostensiblement son métier de cordonnier,
mais sous main il vendait la vodka que lui
fournissait le vieux Zachar de Kamenka.

VII

Vingt ans s'étaient écoulés depuis le jour où le petit colporteur fit son apparition à Sofievka. Après deux années passées dans la hata de Gavrilo, il en avait affermé une pour son compte et s'était décidé à ouvrir un cabaret. A partir du jour où il planta au-dessus de son perron le sapin qui indiquait son commerce, il se sentit maître de la situation. Son beau-père était mort et lui avait laissé un héritage considérable ; Foma capitalisait ses revenus et les déposait à la ville. Mais, malgré sa fortune croissante, il ne dédaignait aucun moyen de l'augmenter ; il prêtait à la semaine, au mois, dix kopecks par-ci, vingt par-là, et lorsque ses débiteurs n'étaient pas en état de le rembourser, il se montrait bon enfant, consentait à attendre ; mais à chaque délai qu'il accordait, il réclamait comme prix de sa condescendance soit une poule, soit une brebis, etc. En peu de temps il s'était de cette façon composé un beau poulailler et avait garni son étable. Se souvenant des recommandations de son beau-père, il s'était adjoint deux des cousins de sa femme. D'abord, ils l'aidèrent au cabaret, mais bientôt ils s'établirent chacun séparément avec femme et enfants; l'un devint boucher et l'autre ouvrit une boutique de mercerie, choses qui n'avaient jamais existé à Sofievka. Les paysans s'en accommodèrent bien; les articles s'y vendaient un peu plus cher qu'en ville, mais ils étaient à portée de la main, il ne fallait pas se déranger pour les aller chercher; on pouvait bien sacrifier quelques kopecks afin d'éviter un voyage de soixante verstes.

Foma avait un fils, Savka, et une fille, Mavroussia. Les juifs formaient une espèce de petite colonie qui vivait très-unie, évitant toute intimité avec les paysans. A mesure qu'il s'enrichissait, Foma devenait moins complaisant, il n'admettait plus les familiarités de ceux qu'il recherchait jadis; il se faisait appeler Foma Abramovitch; et lorsqu'il traversait le village, les mains enfoncées dans ses poches, il ne répondait que par un signe de tête dédaigneux aux saluts pleins de déférence que lui adressaient les paysans. Le commerce d'eau-de-vie ne lui suffisant plus, il avait affermé un terrain, et c'est alors surtout qu'il devint redoutable, car tous ses débiteurs (et ils étaient nombreux!) se transformèrent en autant d'ouvriers dont il disposait sans miséricorde. Cependant son cabaret prospérait si bien que, la concurrence devenant impossible, Kortchenko avait dû se résigner à fermer le sien; et chaque fois que Foma passait devant l'établissement, réduit à l'état de ruine, un sourire méchant ridait son visage. Il savait que cette mesure avait imposé un considérable déficit au propriétaire, qui y écoulait les produits de sa distillerie; maintenant il devait les envoyer à la ville ou attendre les acheteurs en gros. Foma aussi se fournissait chez lui depuis la mort de Zachar, mais, fait bizarre, quoique son cabaret fût plus fréquenté que ne l'avait jamais été celui de Kortchenko, il employait bien moins d'eau-de-vie que ce dernier. Il est vrai qu'il ne se gênait guère pour la couper avec de l'eau. Les paysans s'étonnaient du goût fade de la boisson et de la quantité qu'il fallait en absorber pour atteindre cet état de gaieté qui n'est pas tout à fait l'ivresse.

— Que voulez-vous? répondait Foma. Depuis que ce n'est plus mon beau-père qui me la fournit et que je me sers à la distillerie de Boris Pavlovitch, ce n'est plus la même qualité.

Les paysans murmuraient, en ajoutant qu'autrefois, quand l'autre cabaret existait encore, la vodka qu'on y trouvait et qui provenait de la même source était excellente.

— C'est tout naturel, répliquait Foma. Il veillait alors à ses intérêts, tandis qu'à présent il lui est indifférent de nous fournir de la drogue.

Par une matinée tropicale de la fin de juillet, Foma sortit sur le perron de son izba, abrita de la main ses yeux éblouis par la lumière du dehors, et considéra le ciel en humant l'air chaud de ses narines dilatées. Le village était désert, trois ou quatre chiens gisaient sur l'herbe roussie par le soleil; ils étaient étalés sur le côté, les pattes écartées, la langue sortant de la gueule, et haletaient péniblement. Les feuilles des arbres pendaient accablées sans qu'une

brise vînt les rafraîchir. Le ciel d'un bleu écla-
tant, profond, estompé de teintes claires à
l'horizon, n'avait pas un nuage; l'atmosphère
était si pure, si transparente, qu'on croyait en
distinguer les vibrations comme les oscillations
de l'eau dans un vase de cristal. Des milliers de
paillettes dorées se jouaient sur les hatas de
terre battue, sur les toits de chaume, sur les
petits carreaux verdâtres des fenêtres à guil-
lotine hermétiquement closes pour ne pas laisser pénétrer la chaleur. Au bout du village, on
apercevait à travers les arbres touffus le toit de
tuiles rouges du château.

Les années avaient laissé leur empreinte sur
Foma; ses cheveux étaient encore d'un noir de
corbeau; mais ses traits s'étaient accentués; son
nez, devenu plus pointu, se rapprochait du
menton; ses lèvres s'étaient pour ainsi dire
amincies par l'habitude qu'il avait contractée
de les serrer l'une contre l'autre; ses yeux
perçants, entourés d'un réseau de petites rides,
avaient une expression encore plus inquiète
que par le passé. Après être resté pendant
quelques instants sur le perron, il rentra dans
l'intérieur de la maison. Rébecca, qui était

devenue une grosse femme à peau luisante, reprisait des bas près d'une fenêtre. Un jeune homme, portrait vivant de Foma à l'époque de sa jeunesse, était étendu sur un des bancs, les bras croisés sous sa tête, les paupières fermées.

— Il y aura de l'orage cette nuit, dit Foma. Il faut rentrer le blé, Savka.

Le jeune homme ouvrit les yeux, bâilla et tourna paresseusement la tête du côté de son père.

— Lève-toi, attelle les télègues et va vite aux champs, ordonna Foma.

— Que puis-je faire tout seul? repartit Savka en se levant de mauvaise grâce. Il nous faudrait au moins cinq hommes pour achever la besogne avant le soir.

— Je vais les chercher; en attendant, dépêche-toi.

Foma sortit et se dirigea presque en courant le long de la rivière du côté où il savait trouver les paysans occupés de leur moisson. Tout en marchant sur la berge, ses pensées se reportaient à ce jour éloigné de vingt années, où il était venu s'asseoir près de cette même rivière au

milieu des petits pêcheurs de poissons; il aurait
pu en indiquer la place exacte. Que d'événements depuis! Ces enfants, qu'il attirait jadis
par l'appât d'un morceau de sucre, avaient
grandi, étaient devenus des hommes : c'étaient
ces hommes qui maintenant affluaient à son
cabaret, lui empruntaient de l'argent; le
système était à peu près le même, seulement
les moyens s'étaient modifiés avec l'âge. Maintenant il allait les retrouver aux champs, les
sommer d'abandonner leurs récoltes pour s'occuper de la sienne. Pouvaient-ils seulement
refuser? Une expression diabolique traversa le
visage du juif. Non certes, car ces enfants qui
l'avaient pour ainsi dire aidé à faire fortune,
il les avait ruinés ou à peu près; il les tenait
en son pouvoir; ne lui devaient-ils pas tous de
l'argent, et quelques-uns depuis tant d'années
qu'il leur aurait fallu se défaire de tout leur
avoir pour être à même de payer leur dette?
Mais Foma ne voulait pas qu'ils payassent; il
savait bien qu'un jour ou l'autre il rentrerait
dans son argent, et en attendant il préférait
avoir des débiteurs dont il disposait à son gré
par le seul fait de la menace.

Il atteignit bientôt le champ. Quelques gerbes étaient empilées sur les chariots, mais la majeure partie de la récolte déjà coupée gisait à terre; une douzaine d'hommes et de femmes, pliés en deux, avançaient lentement presque en ligne régulière dans les épis encore debout qu'ils coupaient avec la faucille tenue dans la main droite et ramassaient de la main gauche. Les femmes, qui avaient enlevé leurs sarafanes, ne se distinguaient des hommes que par leurs chemises plus longues, aux manches bouffantes, et leurs têtes recouvertes d'un mouchoir blanc noué sous le menton pour les garantir des rayons trop ardents du soleil. De petits enfants sommeillaient, leurs poings mignons près de la figure, dans des espèces de paniers en forme de gondoles, recouverts de toile grossière. Foma s'approcha doucement, — quand il marchait, il avait l'air de glisser, — d'un grand gars élancé qui travaillait avec plus d'acharnement que ses compagnons.

— Fedia, dit-il, en lui appuyant la main sur l'épaule, va rentrer mon blé.

A cette interpellation, le jeune paysan, — c'était lui qui jadis avait dénoncé Foma, — se retourna brusquement ; sa figure énergique pâlit un peu ; il fixa sur son interlocuteur un œil suppliant.

— Foma Abramovitch, laissez-moi d'abord achever mon lot ;... ensuite je courrai à votre champ.

— Vas-y sans retard, répéta le juif, et toi aussi, dit-il au vieillard qui travaillait à côté du jeune homme et qui n'était autre que Gavrilo, son père. En entendant la voix de Foma, il avait levé la tête et prêtait attention au colloque, sans pour cela abandonner sa faucille et sa gerbe.

— Vous avez donc juré notre ruine? continua Fedia ; vous vous êtes emparé de nos poules, de notre bétail, de tout ce que vous pouviez prendre ; il ne nous reste plus que ce champ, et maintenant, lorsque vous savez qu'une pluie peut détruire notre unique revenu, vous voulez que j'aille travailler pour vous?

— Je te l'ordonne, riposta Foma. Est-ce ma faute si ton vieil ivrogne de père a bu son bien ? est-ce qu'il ne me doit pas plus d'argent qu'il ne pourra jamais me payer?

— Ah! Foma! interrompit le vieillard, je

sais bien que je suis un grand pécheur devant
le Seigneur, mais tu sais aussi qui m'a tenté,
qui m'a poussé à boire, qui m'a proposé de me
faire crédit quand je n'avais plus de quoi payer.

— Silence! dit Foma. Ne vas-tu pas prétendre que je suis cause de ta misère?

Le vieillard hocha tristement la tête, mais
avant qu'il pût répondre :

— Allons, trêve de bavardages, conclut le
juif. Vous allez tous deux aider mon fils à rentrer mon blé, ou bien j'adresse une plainte
contre vous à qui de droit; nous verrons alors
qui rira le dernier.

Les deux hommes s'entre-regardèrent; ils
avaient appris trop tard, hélas! à connaître
celui qui les menaçait, et le savaient capable
d'exécuter sa menace. Fedia lui lança un
sombre regard ; la haine qu'il avait vouée dès
son enfance au juif n'avait fait que croître à
mesure qu'il lui voyait prendre un ascendant
toujours plus grand sur Gavrilo, dont il exploi-
tait le vice. Le jeune homme, avec ce respect
profond qu'ont les paysans russes pour leurs
aînés, n'avait jamais osé émettre un avis, jusqu'au jour où son père, s'étant jeté dans ses

bras, lui avait avoué qu'il ne possédait plus rien ; qu'il venait d'envoyer à Foma la dernière douzaine d'œufs que sa femme gardait encore en réserve, et que le juif, auquel il devait une forte somme, le menaçait de le chasser de sa hata s'il ne consentait pas à se constituer son ouvrier. Fedia n'avait pas adressé un reproche à son père ; seulement, à dater de cet aveu, il avait travaillé, lui aussi, dans les champs du juif exécré afin d'alléger la tâche du vieux Gavrilo. Foma s'était promptement aperçu de l'intelligente activité du jeune homme, qui lui abattait plus de besogne en deux heures que son père ne faisait en une journée ; aussi s'adressait-il à lui de plus en plus souvent, jusqu'à ce qu'enfin ce fut lui qu'il demanda toujours. Gavrilo avait bien essayé de protester : — C'est moi qui vous dois de l'argent, c'est à moi de travailler ; — mais Foma lui fermait la bouche d'un geste péremptoire : — C'est ton fils, n'est-ce pas ? Donc, si j'ordonne une saisie, il y perd autant que toi, — et puis je le veux ainsi.

Cet argument était indiscutable. Voilà pourquoi, chaque fois que Fedia apercevait le juif, son cœur battait plus fort ; il le savait sans pitié. Cependant, ce jour-là, le cas était d'une telle importance, qu'il essaya d'adoucir son persécuteur.

— Foma Abramovitch, prenez mon père, mais accordez-moi deux heures, deux heures seulement! je vous promets de travailler ensuite pour vous sans même m'interrompre pour la sieste.

— Tu consens à me céder ton père qui est à peu près infirme, ricana le juif. C'est très-généreux de ta part, mais cela ne me convient pas. Allons, venez tous deux, sinon...

Un éclair sinistre passa dans les yeux de Fedia; ses dents blanches mordirent sa lèvre inférieure, mais il ne fit plus d'objections, et, passant sa faucille sur son bras, il se baissa pour prendre son dîner : un morceau de pain sec et un cruchon de terre contenant de l'eau.

— Mère, cria-t-il à la vieille Ganna, qui coupait, elle aussi, le blé à quelque distance de l'endroit où se trouvait son fils, dépêche-toi de rentrer le plus possible; tout ce qui restera dehors cette nuit sera perdu, car il y aura un orage, et tu sais si notre provision de blé est petite...

La vieille se redressa.

— Tu es bon, toi, de me recommander de faire vite, comme si je le pouvais! Mais où vas-tu donc? demanda-t-elle étonnée, voyant Fedia abandonner l'ouvrage; puis, apercevant le juif, elle se courba plus bas qu'auparavant, se mit à couper les tiges avec uue activité fébrile; deux grosses larmes roulèrent sur ses joues tannées, tandis que, précédés de Foma, son mari et son fils quittaient le champ.

VIII

Le cabaret était rempli de monde; deux torches résineuses fichées dans le plancher mal joint éclairaient les figures enluminées des consommateurs; la fumée des torches, jointe à celle des pipes, montait au plafond et enveloppait la pièce d'une buée grise dans laquelle se mouvaient les formes de Foma et de Rébecca. Tous deux, un carafon de vodka à la main, glissaient d'une table à l'autre avec une souplesse féline et remplissaient les verres.

— Sais-tu, Foma Abramovitch, que cette boisson ne vaut rien? s'écria un paysan d'une voix avinée; elle a mauvais goût, on s'en remplit le ventre sans parvenir à s'égayer.

— Ce n'est pas ma faute, petit père, répliqua le juif de sa voix doucereuse. Je viens d'ouvrir le tonneau, et même c'est le premier essai de

6

la nouvelle invention de Boris Pavlovitch.

— Quelle invention?

— Mais vous savez bien qu'il s'est avisé maintenant d'employer des pommes de terre au lieu de seigle pour faire la vodka.

Un murmure de mécontentement s'éleva dans la pièce. Les récoltes de seigle avaient été si mauvaises pendant ces dernières années que Kortchenko, pour alimenter sa distillerie, s'était décidé à le remplacer par des pommes de terre. Les paysans désapprouvaient cette innovation avant même d'en avoir pu apprécier les produits. La nouvelle eau-de-vie valait l'ancienne; seulement Foma y avait ajouté tant d'eau qu'elle avait perdu tout arome. Il s'était dit qu'il fallait profiter du nouveau système; les paysans attribueraient sans doute la saveur de la boisson à son origine, et ses calculs ne l'avaient pas trompé.

— Et savez-vous ce qu'il y a de plus drôle, petits frères? continua-t-il, c'est que ces pommes de terre poussent dans des champs engraissés avec des os!

— Comment! avec des os? s'écrièrent plusieurs voix.

— Vous n'avez donc pas remarqué les grands

chariots recouverts de nattes qui encombrent la
cour du château ?

— Oui... mais quel rapport?

— Eh bien ! ces chariots sont remplis d'os.
Kortchenko les dissimule, les fait brûler avant
de s'en servir, afin que vous ignoriez ce qu'il
met sur sa terre, mais j'ai découvert la vérité.

Un brouhaha général suivit cette révélation.
Quelle infamie ! fallait-il être *musulman* pour se
décider à employer un pareil engrais! Et dans
quel dessein ?

— Est-ce que ce sont des ossements humains ?
demanda un moujik plus avisé que les autres.

— Et que veux-tu donc que ce soit ? répliqua Foma, quoiqu'il sût que Kortchenko achetait
ses os aux bouchers de la ville, où ils subis-
saient la préparation nécessaire avant d'être
transportés à Sofievka.

— C'est indigne ; il veut nous empoisonner...
il nous force à boire de l'eau-de-vie provenant
des os de nos pères et de nos mères, murmuraient les paysans. — Le lendemain, tout le village était en émoi; les commères assemblées à
leurs portes s'indignaient de ce que le seigneur
voulût empoisonner leurs maris et leurs enfants.

Kortchenko, traversant en drochky la rue du
village, fut surpris de voir qu'on se détournait
sur son passage, et que ceux-là même qui le
saluaient soulevaient leurs bonnets de mauvaise
grâce.

Le temps n'avait pas épargné le propriétaire,
et l'on avait peine à reconnaître dans l'homme
voûté, aux yeux éteints, aux cheveux blancs,
le vigoureux gentilhomme campagnard d'autrefois. Ce qui se passait au village l'attristait profondément. Lorsque revenant un dimanche de la
messe peu de temps après l'ouverture du cabaret
de Foma, il avait rencontré deux ou trois
paysans, déjà titubant à cette heure matinale,
il avait presque maudit le juif, mais se ravisant :
— C'est ma faute, s'était-il dit. — Et, à partir
de ce moment, il s'était reproché d'avoir invo-
lontairement contribué à la ruine de ces paysans
qu'il aimait tant. A mesure que la propriété et
la puissance de Foma augmentaient, Kortchenko
évitait de se montrer, sortait de moins en moins
de l'enceinte du château ; la vue des boutiques
tenues par les juifs lui faisait mal, et chaque
fois qu'il rencontrait Foma et que celui-ci le
saluait avec une obséquiosité ironique, son

cœur se serrait. Une noire mélancolie s'était
emparée de cette homme naguère si heureux ; il
recherchait la solitude, lui qui jadis ne connaissait pas de plus grand plaisir que celui d'aller
le soir, d'une cabane à l'autre, s'enquérir des
besoins de chacun ; des semaines entières s'écoulaient quelquefois sans qu'il allât au delà du
jardin, et quand il en sortait, il dirigeait de préférence ses promenades du côté du cimetière :
il lui semblait retrouver là ses illusions perdues
au milieu des reliques du passé.

Il était à peu près dix heures du soir. Kortchenko, fatigué d'une chaude journée passée
dans son cabinet de travail, avait éprouvé le
besoin de humer quelques bouffées de fraîcheur.
Accompagné d'un de ses chiens, il quitta sa
maison et se dirigea vers le cimetière situé au delà
du village. C'était une espèce de petit bois isolé,
où les tombes étaient dispersées à l'aventure
parmi les arbres qui se disputaient le terrain et
empiétaient sur les morts dont de simples croix
en bois indiquaient la dernière demeure. Quel-
ques-unes de ces croix étaient brisées ; d'autres
n'avaient plus qu'une branche, d'autres gisaient
à terre entortillées dans les lianes. Personne ne

songeait à les relever. Tout en leur portant une
grande vénération, le paysan n'a aucun soin des
morts. Du reste, comment trouverait-il le temps
de s'en occuper quand il a à peine celui de pourvoir à son existence ? Les hautes fougères crois-
saient en liberté sur les petits tertres à moitié
éboulés, les herbes folles recouvraient les tombes
de jeunesse et de verdure ; les tiges de menthe
exhalaient un parfum délicieux ; qui sait d'ailleurs
si les morts ne revivent pas dans cette végétation
exubérante ?

Une petite chapelle en bois avait été con-
struite près de la route qui longeait le cimetière ;
mais elle aussi était bien délabrée et ne servait
que rarement, lorsque quelque parent voulait
faire dire une messe dans le cimetière même.
Le sentier qui y menait était à peine indiqué,
puis il se perdait sous le gazon.

Kortchenko s'enfonça dans la feuillée odorifé-
rante qui frissonnait sous la brise légère, passant
dans les branches avec le bruit d'un baiser. Le
ciel était couvert ; la lune apparaissait parfois
entre les nuages. Kortchenko s'assit près d'une
croix vermoulue, et, la tête appuyée dans ses
mains, s'absorba dans une douloureuse médita-

tion. A quoi pensait-il ainsi? Il songeait à ses illusions envolées, à sa vie solitaire. Sa jeunesse avait été si remplie par les devoirs qu'il s'était créés autour de lui que l'idée du mariage ne s'était jamais présentée à son esprit. Entouré de ses paysans qui l'aimaient, il ne s'était pas senti seul tant qu'il avait eu confiance en eux et en lui-même; aujourd'hui la solitude lui pesait. Il comprenait trop tard qu'il avait sacrifié sa vie... A qui? à quoi? Peut-être à des chimères, peut-être à son orgueil. Il s'était cru de force à répandre assez de bonheur autour de lui pour que ce bonheur d'autrui dont il serait l'auteur suffît à satisfaire son âme, et il reconnaissait avoir trop présumé de lui-même. Un goût de fiel lui monta aux lèvres. Ses artères battaient avec violence. Il redressa la tête; il se sentait oppressé. Il se leva brusquement, il lui parut que le cimetière se peuplait de fantômes. Il voulut regagner la route; dans l'obscurité il tré-bucha contre un arbre et tomba sur une croix qui se brisa avec un bruit qui retentit dans le silence de la nuit. Il se releva, et, précédé de son chien, se mit à courir. Comme il atteignait la chapelle et s'y appuyait, il entendit un cri et vit des ombres qui s'enfuyaient dans la direction de Sofievka. Il voulut les appeler, les rassurer, mais aucun son ne sortait de son gosier desséché. Il se remit cependant : honteux de sa terreur, il reprit le chemin de son château.

Deux paysannes attardées revenaient à Sofievka; en passant à côté du cimetière, elles baissèrent la voix, firent un grand signe de croix et pressèrent le pas. Tout à coup un mouvement dans les arbres attira leur attention; elles entendirent un coup sec comme du bois qu'on casse; affolées de terreur, elles s'étaient arrêtées, les yeux fixés sur les massifs sombres; en ce moment, la lune dégagée de nuages éclaira le visage blême d'un homme surgissant du fond noirâtre. Une grosse bête rôdait autour de cet homme, qu'elles reconnurent pour être le propriétaire, mais si changé, si différent de ce qu'il était d'ordinaire, qu'elles poussèrent un cri et s'enfuirent de toute la vitesse de leurs jambes sans oser se retourner. Arrivées à Sofievka, elles entrèrent au cabaret, où elles savaient trouver leurs maris.

— Nous avons vu le diable en personne...

le diable et Boris Pavlovitch, crièrent-elles en se jetant à demi mortes sur un banc.

Les hommes les entourèrent avec des exclamations de surprise; Foma, repoussant tout le monde, s'était avancé le premier et questionnait les femmes, qui d'abord ne purent fournir aucune explication; mais s'étant calmées peu à peu, elles racontèrent ce qu'elles avaient vu.

— Boris Pavlovitch est là avec ses serviteurs occupés à déterrer les morts, disaient-elles; nous avons entendu les coups de hache... et cet animal qui rôdait autour était Lucifer en personne caché sous la forme d'un cochon.

Dans leur terreur, elles avaient pris le chien pour un gros pourceau. Or, dans la Petite-Russie, le peuple est convaincu que l'esprit malin se cache sous la forme de cet animal.

Des imprécations, des menaces, des cris suivirent cette révélation, que personne des assistants ne songea à révoquer en doute. Kortchenko voulait leur mort, il profanait les tombes, il commettait des sacriléges; ils ne supporteraient plus de pareilles choses. Dans leur colère, ils oubliaient que celui qu'ils accusaient leur avait consacré son existence. On ne se sépara

que bien avant dans la nuit; les esprits étaient
surexcités au point que le juif dut déployer
son habileté pour empêcher les paysans d'aller
réveiller le propriétaire et lui demander compte
de sa conduite. Mais ceci ne rentrait pas dans
ses combinaisons; aussi réussit-il à les calmer
en leur promettant de l'aller trouver lui-même
le lendemain, de lui exposer la situation et de lui
déclarer que désormais lui, Foma, n'achèterait
plus la vodka faite de pommes de terre engrais-
sées d'ossements humains. Le lendemain, en effet,
Foma se présenta au château. Il ne put se défendre
de quelque émotion en pénétrant au delà de cette
grille, qu'il n'avait pas franchie depuis vingt ans.
A sa vue, la stupéfaction de Nikita, qu'il trouva
dans l'antichambre, fut si grande, qu'il ne put
balbutier que quelques mots inintelligibles, mais
son geste en disait plus long que les paroles.

— Je dois parler à Boris Pavlovitch, dit
Foma, qui s'était rapproché de la porte d'entrée
dans la crainte que le vieux serviteur, emporté
par son ressentiment, ne se livrât à des voies
de fait sur sa personne.

— Va-t'en, ou je te jette dehors! grogna
celui-ci en guise de réponse.

— Il le faut absolument, entends-tu ? insistait Foma. Il s'agit d'une affaire de la plus haute importance; si tu refuses de m'annoncer, j'attendrai dans la cour jusqu'à ce que le maître sorte... et je lui dirai que tu m'as renvoyé.

Nikita hésita encore. Cependant, comme sa menace n'avait pas mis le juif en fuite, il se dit qu'il venait peut-être pour quelque chose de sérieux, et se dirigea à contre-cœur vers le cabinet de Kortchenko. Celui-ci lisait.

— Boris Pavlovitch, fit très-doucement le serviteur, il y a là le juif qui demande à vous parler.

— Quel juif?

— Foma, répondit Nikita en baissant la tête.

Il savait que ce nom causait une impression pénible à son maître.

Kortchenko laissa échapper un geste de surprise douloureuse; mais se maîtrisant aussitôt :

— Qu'il entre ! dit-il d'une voix calme.

Nikita retourna à l'antichambre.

— Vas-y, fit-il brutalement en indiquant du doigt le cabinet de travail. — Puis il ajouta à part soi : — S'il croit que je n'assisterai pas à cette entrevue, il se trompe; je ne laisserai pas

Boris Pavlovitch seul avec lui; qui sait s'il ne vient pas pour l'assassiner? Jadis il lui a jeté un sort, aujourd'hui peut-être veut-il s'en débarrasser.

Le vieux serviteur, dont les cheveux étaient aussi blancs que ceux de son maître, suivit le juif de son pas lourd et se mit dans l'embrasure de la porte entr'ouverte, prêt à fondre sur lui au moindre mouvement suspect.

Foma fit deux pas dans la pièce, et se prosterna la face contre terre.

— Seigneur, commença-t-il de sa voix nasillarde, pardonnez à votre humble serviteur d'oser vous déranger... Je suis un grand coupable à vos yeux...

— Assez, interrompit Kortchenko. Je pense que tu n'es pas ici pour te repentir... Ce serait un peu tard au bout de vingt années... Que te faut-il, et quelle affaire t'amène?

— Vous me défendez donc de soulager mon âme?

— Foma, dit Kortchenko d'un accent triste, mais ferme, si c'est pour me parler du passé que tu viens ici, tu feras mieux de t'en aller; c'est un sujet qui m'est pénible, et sur lequel je ne veux pas revenir.

Le juif, resté à genoux jusqu'alors dans une attitude suppliante, se leva; ses yeux petillaient; il plongea ses mains dans ses poches, se campa sur ses jambes :

— Puisqu'il en est ainsi, Boris Pavlovitch, dit-il, je vais droit au but, et je vous déclare que je n'achèterai plus votre vodka; les paysans refusent d'en boire. Depuis que vous avez remplacé le seigle par des pommes de terre, et que vous fumez vos terres avec des os, ils sont persuadés que vous voulez les empoisonner, et que vous avez fait un pacte avec le diable... Tenez, pas plus tard qu'hier, on vous a surpris errant dans le cimetière, on a entendu des coups de hache... Que pouviez-vous faire là au milieu de la nuit, si ce n'est défoncer les cercueils et vous emparer des squelettes?

— Misérable! cria Nikita, s'élançant sur le juif, un poing levé, prêt à l'écraser.

Foma s'accula au mur en garantissant sa tête de ses deux bras, qu'il éleva entre lui et le domestique.

— Aïe! aïe! gémit-il, comme s'il eût déjà ressenti le coup redouté.

— Laisse-le, dit faiblement Kortchenko.

7

Il avait fermé les paupières, et une pâleur livide
s'était tout à coup répandue sur ses traits.

— Boris Pavlovitch, qu'avez-vous? Vous
sentez-vous mal? demanda Nikita, se précipitant vers lui.

—Ce n'est rien... un éblouissement, fit Kortchenko en l'écartant de la main. Puis, se tournant
vers Foma, qui le contemplait avec des yeux effarés : C'est bien, ajouta-t-il, tu peux t'en aller.

Le juif, rentrant sa tête dans ses épaules, se
faufila le long du mur et se glissa dehors par
la porte. Craignant d'être poursuivi par Nikita,
dont la colère ne serait plus maîtrisée par la
présence de son maître, il courut jusqu'à ce
qu'il eut atteint sa maison. Là, il respira librement, et un sourire épanouit son visage, tout
ruisselant de sueur.

Après le départ de Foma, Kortchenko, posant
ses coudes sur la table placée à côté de son fauteuil, avait caché sa tête dans ses mains. C'était
donc là le couronnement de sa vie! Les
paysans, ses enfants chéris, l'accusaient de
les empoisonner, de profaner les tombes de
leurs ancêtres! Ils le croyaient protégé par
les puissances infernales!

— Ah! c'est trop d'injustice! murmura-t-il d'un accent désespéré.

Il pleura longuement. Il ne songea pas un instant au préjudice matériel que lui porteraient ces accusations, il n'éprouvait que l'angoisse poignante d'être ainsi jugé par ceux auxquels il n'avait fait que du bien, et il sentait que désormais la vie ne serait pour lui qu'une longue douleur. Il ne voyait que désolation et ruine autour de ses illusions, de ses affections anéanties... Les ressorts de son énergie étaient brisés, il ne croyait plus à rien et n'espérait plus rien. Il ordonna de fermer la distillerie; et à partir de ce jour, il s'obstina à ne plus sortir de son cabinet de travail. Foma profita de cette séquestration volontaire pour insinuer aux paysans que, se sentant coupable, Kortchenko redoutait de se montrer au village; mais cette assertion ne fut pas accueillie avec la crédulité qu'il aurait souhaitée. Les paysans se repentaient déjà un peu de leurs accusations. La distillerie du maître ne fonctionnait plus, la vodka fournie par Foma provenait d'une autre source, et cependant elle n'en était pas meilleure. On commençait à se demander si ce

n'était pas le juif lui-même qui la frelatait pour
en retirer plus de profit. Un sourd mécontentement se propageait. Les juifs devenaient de plus
en plus intraitables; l'insolence de Foma en
particulier ne connaissait plus de limites; à la
moindre protestation, il avait la menace à la
bouche. On se taisait, car il avait malheureuse-
ment le pouvoir de réduire les trois quarts des
habitants de Sofievka à la ruine, mais la haine
s'amassait dans les cœurs.

Sur ces entrefaites, un dimanche, après la
messe, le prêtre annonça que Kortchenko était
gravement malade depuis la veille, et qu'il
allait prier pour lui. Les paysans qui se dispo-
saient à quitter l'église s'arrêtèrent. Depuis
longtemps ils ignoraient ce qui se passait au
château, personne n'avait eu connaissance de
la maladie du propriétaire. Un murmure de
pitié parcourut l'assemblée; tous restèrent d'un
commun accord, et un paysan rappela ceux qui
étaient déjà dehors. Ils revinrent aussitôt, et
c'est au milieu d'un silence solennel que le
Père Afanasiy supplia le Tout-Puissant de rendre la santé à celui qui souffrait. Lorsque le
prêtre s'agenouilla, toute l'assistance se pro-

sterna à terre avec de grands signes de croix;
quelques-uns joignirent les mains dans une prière
fervente; les autres, les bras croisés sur la poitrine, contemplaient les saintes images de l'iconostase d'un œil humide et murmuraient à mi-
voix :

— Seigneur Dieu, sauve notre maître!

Sous le coup de l'émotion, Kortchenko était
redevenu le maître aimé des années d'autrefois.
Quelques femmes sanglotaient.

Pendant ce temps, Kortchenko agonisait. Le
chagrin, la déception, avaient ébranlé sa robuste
nature; peu à peu ses forces avaient diminué;
il avait perdu le sommeil, l'appétit, et passait
de longues heures sans bouger de son fauteuil;
un jour, sa faiblesse fut si grande qu'il dut
renoncer à quitter le lit.

— C'est le commencement de la fin, dit-il
en souriant à Nikita, qui le veillait nuit et jour
et dormait sur un matelas posé en travers de
la porte de sa chambre.

Le vieux serviteur voulut envoyer quérir le
médecin.

— A quoi bon? répondit Kortchenko, et, malgré
les prières du domestique, il maintint son refus.

Le samedi, il fit venir le Père Afanasiy.

— Je sens qu'il ne me reste plus que peu d'heures à vivre, dit-il, et je ne voudrais pas mourir sans que vous m'ayez absous de mes péchés, mon père.

Des larmes mouillèrent les yeux du vieux prêtre. Il s'assit au bord du lit du mourant, lui prit les deux mains et les serra longuement dans les siennes, sans parler.

— Je suis tourmenté par l'idée que je suis cause de tout le mal qui est arrivé ces dernières années à Sofievka, continua Kortchenko. J'ai péché par orgueil, mon père, j'en ai été cruellement puni, mais d'autres ont pâti par ma faute, c'est là ce qui me fait le plus souffrir... Croyez-vous que Dieu me pardonne le mal que j'ai commis ?

Ses yeux fiévreux, enfoncés dans les orbites, se fixaient sur le prêtre avec une anxiété poignante. Celui-ci retenait difficilement ses sanglots. Il connaissait Kortchenko depuis qu'il se connaissait lui-même ; natif de Sofievka, où son père avait été prêtre avant lui, il avait vécu dans une intimité constante avec le maître dont il comprenait et admirait les belles qua-

lités. Il avait souffert presque autant que lui de
la démoralisation qui s'était emparée peu à
peu de ses paroissiens cités jusqu'à l'arrivée de
Foma comme des modèles de sobriété et d'hon-
nêteté, et, en déplorant la générosité de Kortchenko et sa trop grande confiance, il s'était
abstenu de reproches et de récriminations,
sachant bien que, lors même qu'il commettait
une erreur, elle ne provenait que de l'élévation
de son âme.

Le prêtre et le propriétaire s'entretinrent
longuement; ce fut plutôt une explication
suprême qu'une confession. Lorsqu'enfin le
Père Afanasiy se leva et posa ses mains sur la
tête du mourant en invoquant la bénédiction
du ciel, Kortchenko poussa un soupir de soulagement.

— Je quitterai la terre sans crainte, murmura-t-il, puisque vous m'assurez que le Dieu
de miséricorde ne me refusera pas l'entrée du
séjour des bienheureux...

Le dimanche, pendant qu'on priait pour lui,
Kortchenko allait mourir.

Le soleil entrait en flots radieux dans la
chambre aux murs tendus de papier gris. Une

touffe de lilas étalait ses grappes fleuries sur le
rebord de la fenêtre ouverte, par laquelle pénétraient les senteurs enivrantes du printemps.
De son petit lit de camp placé au fond de la
chambre il apercevait les arbres au feuillage
vert tendre se détacher sur l'azur du ciel, où
moutonnaient de petits nuages blancs. Un es-
saim d'abeilles voltigeait autour des fleurs et
baignait dans la lumière. Une vapeur rose enveloppait les insectes, dont les ailes diaphanes
scintillaient comme des diamants. Leurs bour-
donnements se mêlaient au gazouillement d'un
nid enfoui dans la feuillée.

Kortchenko ne parlait pas, et sa poitrine ha-
letait. Sa main droite tenait une croix pressée
contre son sein, et l'autre pendait en dehors du
lit au pied duquel était agenouillé Nikita, la tête
enfoncée dans les couvertures. Tout à coup une
volée de cloches résonna.

— La messe est finie! murmura faiblement
Kortchenko.

Quelques instants plus tard, des pas retenti-
rent sur le gravier du jardin, des voix étouffées
se firent entendre, on aurait dit qu'une multi-
tude cernait la maison.

— Qu'est-ce que ce bruit? demanda Kortchenko.

Nikita s'approcha de la fenêtre et aperçut
une foule de paysans qui se tenaient pressés
les uns contre les autres sur la pelouse devant
la façade. En le voyant, ils lui firent signe qu'ils
voulaient lui parler. Il se pencha en avant.

— Nous venons d'apprendre que le maître
est malade, dit un vieillard, se détachant du
groupe et prenant la parole au nom de ses
compagnons ; nous avons prié pour lui, et
maintenant nous désirons savoir de ses nouvelles.

— Il se meurt, répondit Nikita.

Un gémissement sortit de la poitrine de ces
hommes.

— Ne pourrions-nous le voir une dernière
fois? demanda le moujik, dont la voix tremblait.

Nikita, appelé par Kortchenko, était retourné
auprès du lit.

— Qu'est-ce? demanda le mourant; une
inquiétude vague se lisait dans ses yeux.

Nikita hésita un peu, puis :

— Ce sont les paysans qui viennent s'enquérir
de votre santé, dit-il. Ils demandent à vous voir.

7.

Un éclair de joie indicible illumina les traits
de Kortchenko ; un sourire d'une douceur
presque surhumaine entr'ouvrit ses lèvres dé-
colorées...

— Ils veulent me voir ! murmura-t-il. Je
savais bien qu'ils étaient bons, qu'ils m'aimaient
encore... Mes enfants !... mes enfants bien-
aimés !

Il voulut se soulever, mais il ne le put et
retomba sur ses oreillers.

— Porte-moi à la fenêtre pour que je leur
dise adieu, reprit-il.

Nikita essaya de protester.

— Fais ce que je te dis... je t'en prie... insista Kortchenko.

Le vieux serviteur n'osa plus résister ; il fit
un grand signe de croix et souleva dans ses bras
le corps émacié de son maître, en murmurant :

— A la grâce de Dieu !

Il l'apporta ainsi jusqu'à la fenêtre et pénétra
avec lui dans le rayon de soleil qui l'inondait.
A sa vue, toutes les têtes se découvrirent, un
seul cri jaillit des poitrines oppressées :

— Petit père ! — Et tous se jetèrent à genoux
dans l'herbe verte.

Le rayon lumineux se jouait autour du mourant, l'enveloppait, et resserrait autour de lui
son étreinte de feu. Il baisait ses cheveux, qui
resplendissaient comme des fils d'argent, caressait la pâleur transparente de ses joues sillon-
nées de teintes bleues. Kortchenko, souriant
toujours, étendit son bras au-dessus des têtes
inclinées :

— Je vous bénis, dit-il d'une voix faible
comme un souffle, mais que tous entendirent.

Épuisé par l'effort, ses paupières battirent
un instant, sa respiration devint plus rapide,
une convulsion agita ses membres, sa tête retomba sur l'épaule de Nikita. Il était mort.
Nikita poussa un cri, auquel répondirent les
voix du dehors.

IX

Peu de semaines après la mort de Kortchenko,
un tarantass couvert de poussière traversa, au
galop de ses trois chevaux, la rue du village.
Au bruit des roues, des têtes curieuses parurent
aux fenêtres, et les petits enfants jouant sur le
seuil des portes rentrèrent précipitamment pour
annoncer qu'ils venaient de voir passer le nouveau propriétaire. En effet, le tarantass entra
dans la cour du château ; les chevaux, fumants,
s'ébrouèrent devant le perron, des deux côtés
duquel étaient alignés les serviteurs, qui attendaient tête nue l'arrivée du nouveau seigneur.
Un jeune homme à moustache blonde, le mo-
nocle dans l'œil, sortit du tarantass. Il portait
un élégant costume, et avant de répondre aux
salutations qui l'accueillaient, il se tourna vers
le domestique assis sur le siége et lui donna

quelques ordres en anglais, puis il gravit les
marches du perron, s'arrêta un instant à contempler les têtes inclinées; un léger sourire
flotta sur ses lèvres à la vue de Nikita, qui se
tenait un peu à l'écart, vêtu d'un habit noir
d'une coupe surannée. C'était un vêtement
que lui avait jadis donné Kortchenko, et que ce
dernier avait porté lui-même lorsqu'il était en
deuil de ses parents.

— Bonjour! bonjour! grasseya le jeune
homme, et il pénétra dans la maison. Nikita le
suivit à distance, prêt à lui donner les indica-
tions qu'il demanderait. Le vieux serviteur
était méconnaissable depuis la mort de son
maître; deux rides profondes comme des sillons
lui descendaient le long du nez jusqu'au menton;
les yeux creusés brillaient d'un éclat farouche,
toute la physionomie exprimait une douleur
menaçante.

— C'est Foma qui a tué mon maître! répétait-il à qui voulait l'entendre, mais son tour
viendra; je vengerai Boris Pavlovitch.

Les paysans avaient d'abord accueilli ces
paroles avec des sourires incrédules, mais l'in-
sistance du vieillard finit par leur imposer, sans

qu'ils se demandassent toutefois par quels
moyens il atteindrait son but.

Le nouveau propriétaire s'arrêta indécis dans
la grande antichambre. Masslinof était un parent éloigné de Kortchenko, qu'il n'avait jamais
vu ; il connaissait à peine son nom, et n'avait
pas été peu surpris en apprenant un jour qu'il
héritait de ce parent obscur. Il s'était décidé à
quitter Saint-Pétersbourg, sa résidence habituelle, pour voir quelle espèce de domaine lui
était échu, comptant bien n'y rester que le
temps de régler ses affaires. Il n'aimait pas la
campagne, et il avait hâte de rentrer dans la
capitale :

— Où est ma chambre? demanda-t-il à Nikita.

Celui-ci le conduisit à la pièce occupée autrefois par Kortchenko et franchit le seuil en
faisant le signe de la croix, comme s'il approchait d'une relique ; ses yeux devinrent humides :

— Cela sent le moisi ici, et quel ameuble-
ment! bonté divine! s'écria le jeune élégant
en palpant les chaises et les fauteuils. Cela
date d'au moins cinquante ans.

Nikita se taisait; cette critique lui faisait l'effet d'un sacrilége; il commençait à détester ce jouvenceau pétersbourgeois.

— Loge-moi ailleurs! continua le jeune homme; cette chambre ne me convient pas.

Le serviteur s'inclina et lui indiqua une autre pièce :

— Quand Votre Seigneurie désirera voir le reste du château, elle me fera appeler, dit-il en se retirant. Je m'appelle Nikita, ancien valet de chambre de feu Boris Pavlovitch, et je réside actuellement au village.

Par son testament Kortchenko lui avait laissé un petit capital; Nikita s'était aussitôt acheté une modeste hata près de l'église, dans le caveau de laquelle reposait la dépouille de son maître, et il allait tous les jours matin et soir prier sur sa tombe. Il avait quitté le château après l'enterrement, ne se sentant pas le courage de demeurer seul dans ces chambres où tout lui rappelait celui qu'il avait perdu. Masslinof regarda le vieux domestique :

— Puisque tu es si ancien ici, dit-il, je suis sûr que tu saurais me donner des renseignements.

Et il le questionna sur divers sujets. Mais
Nikita refusa de répondre; il ne voulait avoir
aucun rapport avec le nouveau propriétaire; il
se borna à lui faire visiter la maison de fond en
comble, lui en remit les clefs, après quoi il le
salua respectueusement, et regagna sa demeure.

Masslinof se trouva dépaysé dans le dédale
des comptes, des demandes d'ordres et des
explications qui ne lui expliquaient rien du
tout. Il n'aimait pas à laisser voir son ignorance en fait d'agronomie, et quand, voulant
payer d'audace, il proposait une innovation au
starosta qui régissait la propriété, le sourire
réprimé et la lueur malicieuse qui petillait
dans les yeux de ce dernier pendant qu'il dé-
montrait révérencieusement l'ineptie du projet,
prouvaient au jeune homme que personne n'était
dupe de ses prétendues connaissances. Aussi,
au bout de huit jours de labeur infructueux
dans les livres de comptabilité, fut-il pris de
lassitude; les soirées solitaires étaient interminables; il souffrait de la nostalgie de son club;
le silence de la campagne lui agaçait les nerfs,
et la cuisine du cordon bleu petit-russien lui
délabrait l'estomac.

— Il faut que je m'en aille d'ici, sinon je deviendrai fou furieux! se dit-il un soir qu'il s'ennuyait plus que de coutume. Comment ce vieux Kortchenko a-t-il pu passer sa vie dans ce trou?

Il se leva pour appeler son valet de chambre; car les sonnettes étaient inconnues au château de Sofievka.

— Nous partons demain soir; faites les malles, dit-il au valet de chambre, qui s'inclina en silence, tout en se réjouissant de cette résolution. Sofievka lui déplaisait au moins autant qu'à son maître. Satisfait d'avoir pris un parti, Masslinof s'endormit, sans se préoccuper du choix de celui auquel il confierait la gestion de son domaine.

Le lendemain matin, en se promenant au jardin, il fut surpris de voir venir à lui un homme d'un certain âge, vêtu d'un long cafetan. Cet individu s'avançait d'un pas craintif, tête nue, les bras croisés sur la poitrine. Masslinof s'arrêta et attendit l'approche du visiteur. Foma (car c'était lui) toucha la terre de son front, et, gardant sa casquette éraillée pressée sur son cœur, il exprima avec emphase le bonheur qu'il ressentait de voir le nouveau propriétaire. Celui-ci, peu habitué à la phraséologie juive, le regardait avec étonnement, et se trouvait gêné de ce qu'un inconnu éprouvât tant de joie à le rencontrer.

— Est-ce qu'il va continuer longtemps sur ce ton? pensait-il. Que lui répondre? — Je suis très-reconnaissant... Merci!... fit-il, profitant d'un instant où Foma reprenait haleine. Vous êtes sans doute un habitant du village? Ne voulez-vous pas entrer à la maison pour prendre un verre de vin? continuait le jeune homme, désireux de mettre fin à tant d'obséquiosité.

Foma se confondit en remercîments, et, sans vouloir remettre sa casquette, malgré l'invitation de Masslinof, il le suivit dans la salle à manger. Après avoir respectueusement dégusté un verre de nalivka [1] qu'un domestique lui apporta sur un plateau d'argent, voyant Masslinof sur le point de le congédier :

— Je suis venu, seigneur, vous faire une petite proposition, dit-il d'un ton très-humble.

Et comme le jeune homme l'autorisait à parler:

---

[1] Infusion de fruits dans de l'eau-de-vie.

— J'ai ouï dire que vous nous quittiez ce soir; serait-ce une trop grande indiscrétion que de vous demander ce que vous comptez faire du château?

Les yeux perçants du juif embarrassaient Masslinof : — Mais je n'en sais rien encore, répondit-il. Je réfléchirai... En attendant, je pense garder le starosta...

— Ne vous serait-il pas plus avantageux et plus commode d'affermer vos terres? insinua Foma.

— Je crois bien! Je ne demande que cela, s'écria étourdiment Masslinof. Mais où trouver un fermier dans ce pays?

Les paupières de Foma voilèrent modestement ses yeux, dont il redoutait de laisser voir l'éclat trop vif, mais un frétillement parcourut ses doigts, qui serrèrent sa casquette avec un geste d'inexprimable rapacité :

— Si vous daigniez avoir confiance en moi, dit-il, je serais bien aise de vous venir en aide en cette concurrence, je suis prêt à affermer toute la propriété...

— Vous!... ne put s'empêcher de s'écrier le jeune homme en dévisageant le juif.

Il lui paraissait impossible qu'un être d'apparence aussi misérable fût en état de lui payer une

rente, quelque minime qu'elle fût. Or, malgré
son inexpérience, il comprenait que le fermage de
Sofievka était une grosse affaire, et qu'il fallait au
moins quelques garanties. Foma se rendit compte
de ces impressions, car il s'empressa d'ajouter :

— Je puis vous fournir toutes les cautions
que vous désirerez; j'ai un capital déposé
à M***. Il cita une ville voisine et entama le
chapitre des négociations.

Une heure après, il quittait le château ivre de
joie et d'orgueil : Masslinof avait consenti à lui
affermer ses terres.

— A moi! à moi! tout est à moi maintenant!
Ce château, ce jardin, ces arbres, ces champs!...
Ah! Rébecca avait raison quand elle disait
qu'un jour nous serions maîtres de Sofievka! se
répétait-il. Sa femme, au fait de sa démarche,
en attendait impatiemment le résultat sur le
pas de sa porte.

— Eh bien? cria-t-elle du plus loin qu'elle
l'aperçut.

Foma agita son mouchoir en signe d'allégresse, elle se précipita à sa rencontre, et les
deux époux tombèrent dans les bras l'un de
l'autre. Leur rêve était réalisé : ils allaient habiter

en seigneurs la maison où ils avaient été recueillis en mendiants.

Masslinof, enchanté, partit le soir même pour Saint-Pétersbourg. Deux jours après, Foma installait au cabaret un de ses neveux et venait occuper avec sa famille le château déserté par les domestiques, qui avaient réfusé de rester au service du juif. Mais qu'importait ce détail? Les serviteurs ne lui manqueraient pas quand il en aurait besoin.

Ce fut un étrange spectacle que de voir entrer dans la cour silencieuse du château un chariot recouvert de nattes, par-dessous lesquelles pendait de droite et de gauche quelque vieille loque. C'étaient les hardes de Foma; son fils, Savka, menait le cheval par la bride, tandis que Rébecca et sa fille Mavroussia suivaient derrière. Foma les avait précédés et les attendait près du perron, les clefs en main. Les chiens de garde, étendus au soleil sur la pelouse, sentant la présence d'étrangers, se précipitèrent vers le chariot en aboyant; les deux juifs les éloignèrent à coups de fouet, ce qui ne les empêcha pas de continuer leurs grognements à distance.

— Tu n'as jamais rien vu d'aussi beau? dit
Foma à sa fille d'un ton satisfait, lorsque, après
avoir parcouru les appartements, la famille
s'établit sur les bancs ombragés d'où l'on avait
vue sur la façade de la maison.

Mavroussia sourit et hocha la tête. C'était la
première fois qu'elle voyait la demeure d'un
seigneur, et elle en était éblouie.

— Quel luxe! quelle quantité de chambres!
dit-elle. Je crois que je me sentirai toujours
gênée là dedans.

Cependant elle prit la main de son père et la
baisa :

— Que tu es bon et intelligent, et que je
t'aime! murmura-t-elle en levant vers lui ses
yeux noirs qui semblaient nager dans une
humide limpidité.

Foma lui caressa les cheveux avec tendresse :

— C'est pour toi et pour Savka tout ce que
j'amasse, dit-il. Hein, Rébecca! qui aurait cru
que nous serions assis ici comme chez nous?
ajouta-t-il en se tournant vers sa femme, qui
s'éventait avec son mouchoir, tant l'émotion
l'avait échauffée.

Tous deux alors se mirent à se rappeler les
mille incidents de leur vie, tout en ne cessant
de contempler le château; ils ne pouvaient se
rassasier de cette vue. Mavroussia écoutait reli-
gieusement ses parents; elle savait que son père
avait débuté modestement, mais elle ignorait
dans quelles circonstances, et chaque détail
qu'elle apprenait augmentait la vénération qu'elle
lui portait. Il faut ajouter qu'on évitait de men-
tionner les actions suspectes, et que la jeune
fille croyait que la richesse de Foma était le
résultat du travail. Le gazouillement des oiseaux
qui peuplaient le jardin résonnait comme une
fanfare de triomphe; Mavroussia se sentait élec-
trisée par cette joie du dehors qui répondait si
bien à la sienne; il lui semblait que la nature
entière glorifiait ce père dont elle s'enorgueillissait.

C'était une belle fille que Mavroussia : grande,
élancée comme un jeune peuplier, l'ovale de
son visage était parfait; l'artiste le plus exigeant
n'aurait rien trouvé à redire à la régularité de
ses traits fins, au coloris nacré de ses joues
recouvertes d'un léger duvet comme un beau
fruit que n'a pas encore profané la main

humaine; ses cheveux noirs prenaient au soleil
des reflets bleuâtres; ils ondulaient naturelle-
ment et frisaient autour de son front, bas comme
celui d'une statue antique. Deux grosses nattes,
retenues par un ruban écarlate, descendaient
jusque sur les talons. La jeune fille avait été
élevée par ses parents avec un soin jaloux. Elle
n'entrait que rarement au cabaret. Malgré l'exi-
guïté de leur izba, Rébecca avait su épargner à
sa fille le spectacle des ivrognes et leurs discours
mal faits pour de chastes oreilles. Mavroussia
quittait peu sa chambre, séparée de celle de ses
parents par un simple rideau de perse; en réalité,
ce n'était qu'une seule pièce. Elle brodait, lisait,
confectionnait tous les vêtements de la famille :
c'était là sa principale occupation. Dès son
enfance, on lui avait inoculé le mépris des chrétiens, dont elle n'entendait dire que du mal.
Aussi se tenait-elle à l'écart; jamais elle n'avait
joué avec les petites paysannes, et, plus tard,
devenue jeune fille, elle trouva naturel de continuer à vivre en étrangère au milieu des habitants de ce village où elle était née. Elle voyait
ses coreligionnaires, mais n'éprouvait aucun
besoin d'intimité. Elle était heureuse, adorait

ses parents; son âme fière s'enorgueillissait de leur fortune, et lorsqu'elle passait devant une paysanne hâlée par le travail des champs, elle ne pouvait s'empêcher de se redresser avec hauteur.

8

X

Quand les paysans apprirent que Foma était domicilié en maître au château, ce fut presque un soulèvement au village. Depuis la mort de Kortchenko, un revirement s'était opéré en faveur de l'ancien propriétaire; on se ressouvenait de sa bonté, de sa générosité; et, le soir, à la veillée, les vieux racontaient à leurs petits-enfants les bienfaits dont les avait comblés le seigneur défunt :

— Nous l'avons méconnu; ce Foma de malheur nous avait ensorcelés, et ce n'est que trop tard que nous avons rendu justice au maître, ajoutaient-ils avec amertume.

Le fiel s'amassait dans leurs cœurs contre celui qui s'était non-seulement emparé de leur avoir, mais qui était parvenu à fausser leur jugement :

— Boris Pavlovitch était notre père, disaient-
ils.

La présence du juif au château leur semblait
une profanation, et leur premier mouvement
fut d'aller l'en expulser de force. Des groupes
se formaient sur la place du village, on gesti-
culait en montrant le poing dans la direction
de la maison seigneuriale; puis la curiosité se
mêlait à l'indignation. Comment allait-il vivre
là dedans? Trancherait-il du grand seigneur?
Et des rires succédaient aux imprécations : il
leur paraissait grotesque que le juif au cafetan
râpé qui leur avait servi à boire se fît servir à
son tour.

— Peut-être deviendra-t-il plus coulant
maintenant que le voilà si riche, dit quelqu'un.
Il aura honte, étant si magnifiquement établi,
de pressurer de pauvres gens pour quelques
kopecks.

Cette phrase calma aussitôt les paysans;
chacun se mit à réfléchir. En effet, peut-être
Foma deviendrait-il moins intraitable; la plupart lui devaient de l'argent, et, tout en con-
tinuant à invoquer sur lui les malédictions du
ciel, ils décidèrent de le laisser tranquille et de

ne pas lui témoigner leur mécontentement.

En attendant, Foma n'avait guère modifié son genre de vie ; il demeurait, il est vrai, au château, mais il n'y habitait que trois chambres.

— A quoi bon toutes ces pièces inutiles ? avait-il dit à Rébecca en fermant les volets.

Le couple se contentait d'une chambre, Mavroussia en occupait une autre à côté, puis venait celle de Savka. Toutes trois étaient situées au premier étage, qui n'était qu'un rez-de-chaussée élevé et avait vue sur le jardin. D'abord Foma avait eu l'intention d'occuper la chambre de Kortchenko, mais il renonça bientôt à ce projet. Il éprouvait quelque malaise dans cette pièce où rien n'avait été changé ; on avait même laissé des draps au petit lit de camp, qui semblait attendre son hôte. Ce lit surtout causait une impression désagréable à Foma ; et, un soir, entrant dans la chambre, il crut apercevoir la figure pâle de Kortchenko sur l'oreiller blanc, telle qu'il l'avait vue la nuit qui suivit la mort du propriétaire.

Cette nuit-là, le juif, attiré par une espèce de curiosité malsaine, s'était glissé dans le jardin, n'osant pénétrer dans la maison et vou-

lant cependant voir le défunt de ses propres
yeux; il s'était hissé dans les branches du lilas
qui poussait près de la fenêtre, et de là il avait
pu jeter un coup d'œil à l'intérieur, et il avait vu
Boris couché tout blanc sur le petit lit de fer. Ce
souvenir ne s'était jamais effacé de sa mémoire,
et il le retrouvait surtout dans cette chambre. Il
se promit de n'y plus revenir et la ferma à clef.

Cependant, malgré son changement de domicile, il s'était réservé la haute main sur les
affaires du cabaret et ne dédaignait pas de servir
les clients comme par le passé. Ce fait ébranla
les espérances des paysans; puisqu'il continuait
à faire le cabaretier, il n'hésiterait pas à traiter
ses débiteurs avec sa sévérité accoutumée.

Et en effet, lorsque vint l'époque de la moisson, il eut recours à ses menaces ordinaires
et força les paysans à abandonner leurs champs
pour s'occuper des siens; seulement, comme
ceux-ci s'étaient multipliés, il devint encore plus
exigeant. Il fut bien obligé de se pourvoir de
quelques ouvriers supplémentaires, mais il n'en
loua que le moins possible, et parut désireux
de se venger de cette dépense forcée sur ses malheureux débiteurs qu'il harcelait sans relâche.

Dès l'aurore, il parcourait le village pour éveiller les retardataires.

— Allons, allons, criait-il, à l'ouvrage ! — Et les pauvres gens, encore fatigués de la veille, mais redoutant le courroux du terrible créancier, se hâtaient d'obéir.

Le cabaret tombait en ruine; mais comme la hata n'appartenait pas à Foma, il avait jugé inutile de la réparer plus que ne l'exigeait l'absolue nécessité. La maison penchait d'un côté, les marches du perron avaient à peu près disparu, de larges fentes lézardaient les murs de terre battue; quant au toit, il se composait d'un ramassis de vieilles planches, de branches d'arbres, de débris de toute sorte. Vis-à-vis du cabaret se trouvait la hata de Gavrilo. Le juif la lorgnait depuis longtemps d'un œil de convoitise, mais jusqu'ici il n'avait osé s'en emparer. Cette hata, quoique vieille, se maintenait en bon état de conservation. Fedia soignait ces vieux murs qui abritaient la misère de la famille; l'intérieur était nu, d'une pauvreté navrante, car Foma petit à petit s'était approprié tout ce qu'il en avait pu enlever. Les matelas et le linge avaient passé de la maison de Gavrilo dans celle du juif, qui les prenait comme à-compte de la dette du vieux paysan. C'est à peine s'il lui avait laissé quelques chemises, le banc vermoulu qui garnissait la pièce, et une table boiteuse.

Un matin, cependant, il se décida. Le cabaret menaçait de s'effondrer, il fallait le déménager au plus vite; il avait bien songé à l'établir dans une des attenances du château, mais après réflexion il préféra une autre combinaison.

— Gavrilo est-il à la maison? demanda-t-il en entrant à l'heure habituelle de la sieste dans la hata où Fedia arrangeait des filets.

— Non, répondit le jeune homme sans lever la tête; mes parents sont restés aux champs.

Foma réfléchit un peu.

— Eh bien! dit-il, tu t'acquitteras de ma commission. Préviens ton père que j'ai besoin de sa maison dès demain, et qu'il doit chercher un autre gîte.

Fedia se leva brusquement.

— Que veux-tu dire? balbutia-t-il.

Sa gorge était serrée comme dans un étau; il n'avait que trop compris, hélas! Mais il se refusait à croire à une telle catastrophe.

— Je dis que j'ai besoin de cette maison et

que je la prends, répéta Foma. Il est inutile de me regarder avec des yeux férocess... Si vous êtes en état de me rembourser votre dette, je ne demande pas mieux ; mais comme c'est peu probable, je crois qu'il ne vous reste qu'à faire vos paquets, ajouta-t-il en ricanant. — Et il sortit.

Son départ lui sauva la vie. Ce n'était pas assez de leur avoir enlevé à peu près tout ce qu'ils possédaient, il lui fallait encore les réduire à la mendicité ! Rembourser la dette ! c'était facile à dire, mais où trouver les trois cents roubles que devait Gavrilo ? Autant vouloir attraper la lune. Fedia grinça des dents ; son visage s'empourpra, sa main serra la hache passée à sa ceinture, tandis que son regard se fixait sur la place où s'était tenu le juif.

— Si je le tuais ! pensa-t-il.

Mais aussitôt ses bras retombèrent avec accablement à ses côtés. A quoi cela servirait-il ? Foma n'avait-il pas un fils qui réclamerait la dette due au père ?

Fedia s'affaissa sur le plancher à côté de ses filets, se cacha la figure dans les mains ; son brave cœur brisé se répandit en sanglots. Il n'y avait pas d'issue possible, il fallait se soumettre

à la volonté du juif. Le jeune homme ne 's'in-
quiétait guère de lui-même; il trouverait toujours à pourvoir à son existence, mais que
deviendraient ses vieux parents ? Il pensait surtout à sa mère, déjà si affaiblie par les privations.

— Ah! que la malédiction du ciel retombe
sur toi, tes enfants et tes petits-enfants! s'écria-
t-il en étendant la main vers la demeure de
Foma.

Cependant il se leva et se décida à aller prévenir ses parents. Il fallait aviser aux moyens
de trouver un gîte; il ne resterait qu'à demander
asile à un voisin charitable, puis on verrait.

Gavrilo dormait près de sa femme dans l'herbe
si haute qu'elle leur servait d'ombrage. Mille
fleurs les entouraient et caressaient leurs visages
à chaque souffle de la brise qui faisait onduler
le steppe comme une mer de verdure; les
abeilles voltigeaient autour des deux vieux,
mais il y avait tant de fleurs alentour, qu'elles
ne s'occupaient que de leur butin ; quelquefois
une mouche indiscrète se posait sur la figure de
l'un d'eux, alors le dormeur la chassait d'un
geste de la main sans se réveiller. Une béatitude

profonde se lisait sur leurs traits fatigués; le
bonheur physique du repos après le travail est
si intense qu'il fait oublier momentanément
toutes les préoccupations. Fedia s'arrêta en con-
templation devant ce vieux couple qui lui était
si cher; un nuage voila ses yeux, qu'il essuya
du revers de sa manche; il se sentait tellement
malheureux de devoir interrompre leur sommeil,
et pour quel réveil, grand Dieu!

— Père! dit-il en s'agenouillant auprès de
Gavrilo et le tirant doucement par le bras.

Celui-ci se retourna, marmotta quelques mots
inintelligibles, mais ne s'éveilla point. Le jeune
homme le secoua alors un peu plus fort. Le
vieillard ouvrit les paupières, s'assit péniblement sur son séant, et se frotta les yeux, puis
il regarda son fils avec un étonnement mêlé de
reproche.

— Père, dit Fedia à voix basse, le juif est
venu tantôt, il prétend avoir besoin de notre
hata; il veut la prendre si nous ne lui rembour-
sons pas ce que nous lui devons.

Les yeux du vieillard exprimèrent l'effroi;
il ouvrit la bouche, mais ne put proférer un son
et retomba lourdement dans l'herbe, où il

enfouit son visage, tandis qu'un tremblement agitait son corps.

— Père, père murmura Fedia, brisé par le spectacle de cette douleur à laquelle il s'attendait pourtant, il faut du courage; je travaillerai pour vous, vous ne manquerez de rien...

Le vieillard continuait à gémir. Ganna se réveilla à son tour; il fallut aussi la mettre au courant. Le désespoir des deux vieillards éclatait, et pendant ce temps les grillons chantaient dans les tiges fleuries, les abeilles tournoyaient et les oiseaux traversaient les airs avec des cris d'allégresse. C'était l'été, la chaleur, le bien-être, le bonheur pour la nature entière, sauf pour ces trois êtres accroupis dans l'herbe et qui se demandaient avec angoisse s'ils trouveraient un morceau de pain le lendemain.

— Mais il ne peut être cruel à ce point, répétait Ganna. Tu es trop fier, Fedia, tu ne sais jamais te faire humble; je suis sûre que si tu l'avais bien prié... Gavrilo, allons chez Foma; j'implorerai sa pitié... celle de sa femme... de sa fille... Si les parents refusent, il est impossible que la jeune fille soit assez endurcie pour ne pas être touchée par notre infortune...

Gavrilo se taisait, la tête baissée, les mains ballantes.

— N'y allez pas, dit Fedia, je vous en conjure, vous n'obtiendrez rien, et vous vous humilierez inutilement.

— Non, non, je veux essayer, insista Ganna en se levant. Elle mettait tout son espoir dans la démarche qu'elle voulait tenter. Viens, Gavrilo.

Elle se baissa pour aider son mari à se lever ; il se laissa faire, sa volonté semblait paralysée ; seulement, comme son fils essayait encore de le retenir :

— Laisse-moi, dit-il. Je suis cause de notre malheur, je dois boire le calice jusqu'à la lie.

S'appuyant l'un sur l'autre, les deux vieux parvinrent jusqu'au château. Sur la pelouse, sous un grand chêne, Foma, Rébecca, leur fille et deux juifs de Sofievka étaient assis autour d'une table chargée de tasses et de gâteaux.

La conversation était des plus animées. Foma se pavanait dans son rôle de pseudo-seigneur et initiait ses amis aux modifications commerciales qu'il projetait d'introduire au village. Gavrilo et Ganna se prosternèrent à terre dès qu'ils l'aperçurent, se relevèrent, firent quelques pas et se prosternèrent de nouveau. Au troisième salut, ils étaient à côté des juifs, qui les regardaient venir en souriant avec ironie.

Mavroussia seule paraissait étonnée.

— Petit père Foma Abramovitch, nous venons implorer ta grande générosité, faire appel à tes sentiments d'équité, commença Ganna d'un ton lamentable. Notre fils Fedia nous a transmis tes ordres, mais où veux-tu que nous allions désormais reposer nos vieilles têtes? Aie pitié de nous, pauvres malheureux!

Gavrilo restait silencieux, les mains jointes.

— Allez-vous-en et ne m'ennuyez pas, répondit brutalement Foma. Si vous voulez conserver votre maison, payez-moi ce que vous me devez...

— Mais tu sais bien que cela nous est impossible, petit père, reprit Ganna. Si tu as pitié de nous, nous travaillerons pour toi encore plus qu'auparavant, nous serons tes esclaves, mais laisse un toit sur nos têtes;... nous ne vivrons plus bien longtemps,... alors tu prendras notre hata... Notre fils Fedia pourra gagner sa vie ailleurs...

— Vous me faites perdre patience avec vos

lamentations, glapit Foma. J'ai dit ce que j'avais
à dire, et si vous vous obstinez à rester ici, je
vous mettrai dehors...

— Accorde-nous au moins un coin quelque
part... maintenant tu as tant de maisons à ta
disposition!... suppliait Ganna. Ne peux-tu
nous allouer une petite place, ne fût-ce que
dans un grenier, pour que nous y mourions
en paix?... Nous t'avons bien recueilli quand
Boris Pavlovitch, que Dieu ait son âme! t'avait
chassé du château...

A ces mots, Mavroussia, qui écoutait atten-
tivement le colloque, tressaillit et regarda son
père. Celui-ci se leva, et menaçant de son poing
les deux vieillards :

— Hors d'ici!... à l'instant même, entendez-
vous, misérables?

Le vieux couple se releva ; deux taches rouges
marquaient les pommettes ridées de Gavrilo,
ses mains tremblaient; le visage de Ganna ruis-
selait de larmes.

— Dieu te punira,... et toi aussi! dit-elle avec
solennité, en se tournant vers la jeune fille,
qu'agitait une émotion singulière. Tu aurais dû
intercéder pour nous...

Elle ne put rien ajouter; Foma la saisit par les épaules et la poussa brutalement.

— Père! s'écria Mavroussia.

Sa voix contenait à la fois un reproche et une prière. Le juif lui lança un regard foudroyant et se rassit sur sa chaise en essuyant son front couvert de sueur.

Gavrilo et Ganna descendirent jusqu'à la grille; là, leurs jambes refusèrent de les porter plus loin; ils s'abattirent au bord du chemin, la vieille appuya sa tête sur l'épaule du vieux, et ils pleurèrent sans parler... Que pouvaient-ils se dire qu'ils ne sussent déjà?

Un beau gars, le bonnet garni de plumes de paon crânement posé sur l'oreille, les cheveux bruns frisés flottant autour de son visage énergique, déboucha sur la route. Il sortait du village et se dirigeait vers le steppe, en fredonnant et en pinçant les cordes de la bandoura [1] suspendue à son cou. Passant devant la grille, il aperçut les deux vieillards et s'arrêta :

— Eh bien! que vous arrive-t-il donc? demanda-t-il de sa voix jeune et mélodieuse.

---

[1] Sorte de guitare.

— Ah! Danilo! nous ne sommes plus que des mendiants... répondit Ganna, et, sans essuyer les larmes qui roulaient sur ses joues hâlées, elle lui conta son infortune.

A mesure qu'elle avançait dans son récit, les yeux bleus à reflets violets du jeune homme lançaient des flammes, et son visage exprimait l'indignation.

— Le misérable vampire! murmura-t-il enfin quand la vieille s'arrêta ; puis aussitôt: Ne vous désolez pas tant, ajouta-t-il. Il ne sera pas dit qu'un mécréant de juif aura condamné des chrétiens à mourir de faim. Venez chez moi, je vous logerai tous trois. Plus tard, Fedia trouvera à se caser, et vous resterez dans ma hata.

Et comme Ganna le remerciait :

— Vous en auriez fait autant à ma place, dit-il, et il reprit sa promenade et sa chanson.

XI

L'interruption causée à la petite fête de Foma par l'arrivée du vieux couple avait eu des suites fâcheuses, et malgré les efforts du juif et de Rébecca pour se montrer indifférent à la scène qui venait de se passer, l'entrain avait disparu. Quant à Mavroussia, elle demeurait distraite, absorbée dans les pensées qui se pressaient dans sa tête.

Elle se demandait sur quoi portaient les allusions de Ganna. Pourquoi son père avait-il été chassé du château ? Jusque-là elle avait même ignoré qu'il y eût demeuré. Les larmes des vieillards l'avaient émue. Pour la première fois de sa vie, elle accusait son père d'un excès de sévérité, et elle se reprochait comme un crime le blâme qu'elle adressait à celui qu'elle adorait. Une angoisse étrange s'emparait d'elle ; elle se sentait

mécontente. De quoi ? De qui ? Elle n'aurait su
le dire.

Quand la famille se dispersa et que Mavroussia se remit au travail près de sa fenêtre ouverte,
elle laissa tomber l'ouvrage commencé sur ses
genoux, et son regard se perdit dans le vague.
Elle éprouva le besoin de respirer à pleins pou-
mons, de se rouler dans l'herbe et d'y retrouver
ce quelque chose qu'elle sentait lui échapper.
Couvrant ses cheveux d'un mouchoir, elle quitta
la maison et courut vers le steppe. Elle aimait
à errer dans l'herbe haute qui la cachait presque
entière, à en arracher des poignées qu'elle dis-
persait autour d'elle. Perdue dans cet océan de
verdure, elle aimait à écouter la voix des insectes
qui vibrait confusément autour d'elle et venait
caresser son visage.

La journée tirait à sa fin, et les dernières
lueurs du soleil couchant embrasaient les herbes ;
elles prenaient des teintes de plus en plus sombres
dans le crépuscule qui enveloppait la terre ; les
ombres s'étendaient et marquaient çà et là des
taches plus foncées ; la vapeur qui montait du
sol flottait en nuages blancs et indécis au-dessus
des fleurs qui embaumaient l'air. Des traînées

rouges comme de l'or en fusion étaient jetées
sur le firmament, traversé de nuages si diaphanes qu'ils masquaient à peine l'azur du ciel,
et une brise légère courait à la surface de
l'herbe, dont elle baisait les tiges. Les mélodies
de la nuit remplaçaient les bruits du jour. Les
marmottes abandonnaient leurs terriers et, cam-
pées sur leurs pattes de derrière, remplissaient
l'air de leurs sifflements aigus. Le bruissement
des grillons résonnait plus haut; on aurait dit
qu'ils se pressaient d'achever leurs chansons, et
parfois le cri d'un cygne s'ébattant sur un étang
éloigné se répercutait dans l'espace avec un son
argentin.

Mavroussia, la tête penchée sur sa poitrine,
marchait lentement, savourant les beautés de
cette nature qu'elle aimait. Tout à coup le refrain
d'une chanson frappa son oreille :

A quoi bon mes sourcils noirs — Et mes yeux
bruns — Et mes jeunes années — De joyeuse fillette?
— Mes jeunes années — Tristement se perdent ; — Mes
yeux pleurent ; — Le vent ternit mes sourcils noirs.
Mon cœur se fane plein d'angoisse — Comme un
oiseau captif. — A quoi bon ma beauté, — Puisque je
n'ai pas ma part de bonheur? — Pour moi orphe-
line sur cette terre — La vie est un fardeau ; — Les

miens me sont étrangers; — Je n'ai personne à qui
parler, — Personne à qui dire — Pourquoi mes yeux
pleurent, — Personne à qui raconter — Ce que mon
cœur désire. — Et pourquoi, comme une colombe,
— Mon cœur roucoule nuit et jour, — Nul ne me le
demande, — Nul ne le voit ni ne le sent. — Aucun
étranger ne m'intéresse; — Et à quoi bon m'inté-
resser? — Qu'importe que je pleure délaissée? — Que
je perde mes jeunes années? — Pleure, mon cœur;
pleurez, mes yeux, — En attendant que je meure. —
Pleurez bien fort, pleurez plus fort, — Pour que
les vents entendent votre plainte, — Pour que les
vents nuageux l'emportent — Par delà la mer bleue,
— Jusqu'au jeune homme brun qui m'a oubliée...

Les sons plaintifs de la bandoura accompa-
gnaient la voix riche et mélodieuse. Le chan-
teur invisible se rapprochait, et bientôt la jeune
fille aperçut la tête mâle de Danilo surgir au-
dessus des herbes. Elle avait eu un instant l'idée
de se cacher; mais en le reconnaissant, son
effroi se calma, et elle continua d'avancer. Elle
avait souvent rencontré Danilo au village, sans
lui avoir jamais adressé la parole; il ne fréquen-
tait pas le cabaret; on le disait infatigable.
Depuis la mort de son père, il pourvoyait seul
à l'entretien de sa mère et de cinq petits frères
en bas âge; mais la responsabilité qui pesait sur

lui n'altérait pas son humeur joyeuse; il se montrait disposé à rendre service à ses amis; sa
hata était prospère, et jamais un mendiant n'en
sortait les mains vides. Mavroussia connaissait
tous ces détails.

Danilo paraissait si absorbé par sa chanson
qu'il ne vit la jeune fille que lorsqu'il se trouva
devant elle.

— Bonjour, Danilo! dit-elle en souriant, et
une vive rougeur colora ses joues; elle s'étonna
d'avoir parlé, mais ce soir-là son âme était
attendrie; elle éprouvait comme un vague besoin
de sympathie.

— Bonjour! répondit sèchement le paysan
en ôtant son bonnet sans toutefois s'arrêter.

Il aurait marivaudé avec toute autre jeune
fille, mais celle-ci appartenait à la race qu'il exécrait, et il continua son chemin en fredonnant.

Ce salut glacial tomba lourdement sur le cœur
de Mavroussia; elle se demanda par quoi elle
avait mérité l'hostilité que lui témoignaient les
gens du village. Jusqu'ici elle ne s'était pas
adressé cette question. Un frisson parcourut ses
membres, la tristesse emplit son âme; il lui
sembla tout à coup qu'elle était isolée et qu'un

abîme infranchissable la séparait du reste du
monde. Autour d'elle les ténèbres envahissaient
le steppe, qui prit un aspect de mystérieuse
désolation.

XII

Il était midi. Dans la hata de Danilo, autour d'une longue table, étaient réunis la famille du jeune homme et ceux auxquels il avait offert l'hospitalité. Un gros pain noir était posé près de l'écuelle, où chacun puisait à même avec une cuiller en bois ; on avait fait du chtchy en l'honneur du départ de Gavrilo et de son fils. Fedia espérait trouver de l'ouvrage au chemin de fer dont le gouvernement avait décrété la construction à P***. En apprenant la résolution de son fils, Gavrilo s'était décidé à l'accompagner. Ni les larmes de Ganna, ni les objections de Fedia et de Danilo n'avaient réussi à le détourner de ce projet. Il lui répugnait de vivre d'aumônes.

— Je suis cause de tous nos malheurs, disait-il. Si je meurs à la tâche, je n'aurai que ce que je mérite.

Après bien des luttes, Ganna, qui avait voulu se joindre à son mari et à son fils, s'était résignée à rester au village.

En dépit des efforts de Danilo, qui s'attachait à raviver les espérances de ces malheureux, une tristesse morne présidait à ce repas qui précédait une séparation peut-être éternelle. Les enfants ne comprenaient qu'à demi la gravité de la situation, mais ils regardaient en dessous avec une sorte de respect craintif la vieille Ganna, qui pleurait, et les partants qui mangeaient silencieusement et répondaient à peine aux paroles de leur ami.

Lorsque la collation fut terminée, chacun s'empressa d'aider Ganna à rassembler les hardes des voyageurs; elles n'étaient pas bien nombreuses, hélas! et elle eut bientôt fait d'envelopper deux chemises et une paire de bottes dans le morceau de toile qui servait de sac de voyage à son mari. Fedia ne possédait qu'une chemise de rechange et n'avait pas d'autre chaussure que celle qu'il portait, des espèces de souliers en nattes d'écorces d'arbre. Katioucha glissa un pain dans la besace.

— C'est pour le voyage! dit-elle en coupant

court aux objections de Gavrilo, et maintenant que vous voilà prêts, prions.

Avant de se mettre en route, il est d'usage en Russie de se recueillir pendant quelques instants et d'invoquer mentalement la bénédiction du ciel sur les partants. Tout le monde prit place sur les bancs; les têtes s'inclinèrent, les mains se joignirent, un silence profond régnait dans la pièce, par les petites fenêtres de laquelle pénétraient des bouffées d'air embaumé. Un rayon de soleil éclairait obliquement l'image du Christ suspendue dans un coin. La chevelure blonde du Sauveur ressortait sur le fond noirci, et l'on eût dit que le regard s'abaissait sur l'assistance avec commisération.

— Il est temps de partir, dit Gavrilo en faisant un grand signe de croix. Ganna se prosterna à ses pieds.

— Que Dieu t'accompagne! murmura-t-elle à travers ses sanglots.

Le vieillard la releva et lui posa la main sur la tête d'un geste solennel. Une angoisse douloureuse contractait ses traits, sans qu'une larme vînt adoucir le feu de son regard.

— Adieu! dit-il simplement. Appelant d'un

signe son fils à ses côtés, les deux hommes, tournés vers l'image, touchèrent trois fois la terre du front, puis ils s'inclinèrent très-bas à droite et à gauche; l'assistance leur rendit leur salut en disant :

— Que Dieu vous garde ! — Et les voyageurs quittèrent la hata hospitalière. Au moment d'en franchir le seuil, Fedia saisit sa mère dans ses bras; une larme tomba sur le cou de la vieille.

— Je le soignerai, ne t'inquiète pas; je te le ramènerai, murmura-t-il.

Ganna hocha la tête; elle n'espérait plus revoir son mari ici-bas.

Accompagnés de Danilo, leur pauvre bagage attaché aux épaules, les voyageurs traversèrent le village; les paysans les saluaient au passage en murmurant une bénédiction, mais personne n'osa s'approcher d'eux et leur parler, tant la grandeur de leur infortune inspirait de respect.

Mavroussia parut à la grille du château. La jeune fille resta interdite à la vue de ceux que son père avait chassés, et qui se détournèrent en l'apercevant. Elle les suivit du regard jusqu'à ce qu'ils eussent atteint la grande route; là les trois hommes s'embrassèrent; Gavrilo et son fils s'éloignèrent; ils allaient faire à pied les cent verstes qui les séparaient de la station de P***. Danilo, la tête penchée sur sa poitrine, reprit le chemin du village. En repassant devant la grille du château, son regard se croisa avec celui de la jeune fille. Il toucha son bonnet comme à regret.

— Danilo! s'écria Mavroussia.

— Que désires-tu? demanda-t-il en s'arrêtant, mais sans se rapprocher.

Ce fut la jeune fille qui vint à lui.

— Dis-moi, reprit-elle d'une voix tremblante, est-ce donc vrai que Gavrilo soit ruiné?... Où va-t-il?

Elle levait sur Danilo ses grands yeux noirs remplis d'inquiétude. En le questionnant ainsi, elle obéissait à un mouvement irraisonné.

La vue de ce vieillard et de ce fils que la misère forçait à s'expatrier lui avait causé une douleur poignante qu'elle s'étonnait de ressentir pour des étrangers.

— Il va à la mort, répondit Danilo. Ton père l'a ruiné, ton père qu'il avait hébergé et nourri pendant deux années, et qui lui paye sa dette

de reconnaissance en le réduisant à la mendicité... Comme si tu ne le savais pas!

— Mais il devait de l'argent à mon père,
interrompit Mavroussia.

— C'est vrai; mais à quoi Gavrilo employait-il
l'argent emprunté? A boire. Et qui l'y poussait,
si ce n'est ton père?

— Ah! c'est faux!... tu mens!... s'écria la
jeune fille.

Un déchirement affreux venait de se produire en elle. Malgré une voix intérieure qui
lui disait que Danilo ne mentait point, son
cœur se refusait à croire à cette vérité, qui
attaquait l'honneur de son père; l'amour qu'elle
lui portait se révoltait contre cette accusation.
Danilo la toisa de la tête aux pieds, haussa les
épaules et s'éloigna en silence, tandis qu'elle
rentrait au château. Elle avait hâte de regagner
sa chambre; le soleil, qu'elle aimait tant, lui
brûlait les yeux; elle trouvait la chaleur du
dehors suffocante, un poids énorme lui écrasait
la poitrine.

— Père! dit-elle en rencontrant Foma dans
la grande salle où il marchait de long en large,
pourquoi as-tu chassé Gavrilo?

La satisfaction empreinte sur les traits du juif fit place aussitôt à une expression de colère.

— Qui t'a raconté ces bêtises?... riposta-t-il avec impatience. Il est parti parce qu'il l'a bien voulu; je me suis remboursé comme j'ai pu... D'ailleurs cela ne te regarde pas.

Mavroussia baissa la tête. En effet, de quel droit le questionnait-elle? Cependant, retirée dans sa chambre, elle ne put s'empêcher de suivre en pensée les voyageurs marchant péniblement sur la grande route poussiéreuse brûlée par les rayons du soleil.

A dater de ce jour, une inquiétude bizarre s'empara de la jeune fille; des troubles indéfinissables l'assiégeaient; l'hostilité qui l'entourait et qu'elle ne remarquait pas naguère la blessait. Bientôt elle apprit que Ganna était établie chez Danilo, et elle se demanda à quoi il pouvait bien employer la vieille femme. Malgré son désir de ne point juger Foma, Mavroussia ne pouvait se défendre d'éprouver une commisération profonde pour les victimes de son père. Un soir, se promenant près de la rivière, — depuis quelque temps, elle choisissait de préférence les endroits écartés, — elle aperçut la

vieille paysanne. Ganna ne l'entendit point
approcher; la jeune fille s'arrêta indécise à peu
de distance de la paysanne, redoutant en quelque sorte de saisir cette occasion tant souhaitée
de questionner Ganna sur la façon dont elle
parvenait à gagner sa vie. Cependant, la curiosité l'emportant sur sa timidité, elle se glissa
sur l'herbe à côté de la vieille femme, qui, en
la voyant, laissa échapper une exclamation et
voulut se lever.

— Reste, je t'en prie, dit Mavroussia en lui
posant la main sur le bras.

La paysanne la regardait avec terreur sans
oser se dégager de son étreinte. Depuis le départ
de son mari et de son fils, elle avait subi une
transformation complète; elle marchait comme
un automate, ne parlait presque plus, si ce
n'est pour murmurer quelquefois entre deux
soupirs :

— Seigneur Dieu, ne les abandonne pas!

Elle passait son temps à errer sans but d'un
coin à l'autre, le regard fixe, ne voyant rien;
elle obéissait machinalement quand on lui disait
de se lever, de manger ou de se coucher; mais
toute initiative avait cessé, sa volonté était

brisée, et lorsqu'on lui adressait une question, elle levait la tête d'un air effaré, comme si elle se fût attendue à quelque nouveau désastre, puis elle fondait en larmes.

La jeune fille prit la main ridée de la vieille femme, et la serra dans les siennes.

— Je ne te veux point de mal, dit-elle, au contraire; je serais si heureuse de soulager ton infortune!

Ces paroles n'étaient pas celles qu'elle se proposait de dire, mais elles lui échappaient comme malgré elle. Elle avait simplement voulu questionner, et voilà qu'elle lui offrait ses services et semblait s'avouer en partie responsable des malheurs arrivés à Ganna. Cette dernière ne parlait pas et la regardait toujours avec stupeur. Les yeux de Mavroussia devinrent humides, et elle éprouva une sorte de honte à constater l'effroi qu'inspirait sa présence.

— Que puis-je faire pour toi?... Puis-je t'aider? reprit-elle avec une émotion qu'elle n'essayait pas de dissimuler.

Ganna secoua la tête.

— Je n'ai plus besoin de rien, répondit-elle enfin en dégageant sa main. Tu n'as pas voulu

intercéder pour nous dans le temps... maintenant il est trop tard.

Elle parlait lentement, très-bas, sans colère;
son regard avait quitté le visage de la jeune
fille et se perdait dans le vague.

— Mais que fais-tu? continua Mavroussia
sans relever le reproche qui lui était adressé.
Travailles-tu?

— Je vis de la charité des bonnes gens... Je
ne puis plus travailler, fit Ganna avec un sourire déchirant en montrant ses mains, qui tremblaient. Je suis même incapable d'aider la mère
de Danilo à soigner les petits. Mais j'espère que
Dieu, dans sa miséricorde, aura bientôt pitié de
moi, et que je ne leur serai plus longtemps à
charge.

Mavroussia l'écoutait avec étonnement; la
vieille semblait avoir oublié sa présence et continuait à marmotter à mi-voix, comme se parlant à elle-même :

— Ils sont bien pauvres, et cependant
Katioucha a acheté de la toile pour me faire des
chemises ; elle a passé plusieurs nuits à les
coudre ; je reçois du lait même quand les
enfants n'en ont point; il n'y avait qu'un oreiller

à la hata, et c'est moi qui m'en sers... Ah! ce
sont de bien braves gens!

A mesure qu'elle parlait, une sorte de colère
se mêlait à l'étonnement de Mavroussia. On lui
avait enseigné dès l'enfance à ne jamais perdre
de vue l'avantage qu'elle pourrait tirer de ses
actes, et voilà qu'elle découvrait tout à coup
que de pauvres paysans s'étaient chargés d'une
vieille femme infirme qui ne pouvait leur être
qu'un embarras et une dépense inutile, qu'ils
s'imposaient des privations pour lui procurer
quelque confort. D'abord la jeune fille incré-
dule avait écouté Ganna avec un sourire de
pitié; mais, peu à peu, elle s'était convaincue
que la vieille disait la vérité, et alors son orgueil
s'était insurgé. Comment ces chrétiens s'arro-
geaient-ils le droit de se montrer supérieurs à
Foma, à Rébecca, d'ébranler les principes qu'on
lui avait inculqués dès le berceau? Car, quel
que fût son amour pour ses parents et pour son
peuple, Mavroussia ne pouvait s'empêcher de
reconnaître que la générosité de Danilo l'élevait
bien au-dessus de tous ceux qu'elle avait connus
jusque-là, et cette supériorité qui jetait une
ombre sur ce qu'elle vénérait la froissait profon-

dément. Elle se leva après quelques mots de
consolation banale adressés à la vieille, qui, sans
répondre, continua à regarder dans l'espace de
ce regard en dedans qui semble être l'apanage
de ceux qui ont beaucoup souffert : on dirait
qu'ils prêtent l'oreille aux souvenirs douloureux
qui les obsèdent.

Mavroussia s'engagea dans le steppe; les
paysans qu'elle rencontra chemin faisant la
saluèrent d'un air bourru, mais elle n'y prit pas
garde, tant elle était bouleversée par ce qu'elle
venait d'apprendre; une sourde irritation gron-
dait dans son cœur. Elle essayait de se persuader que la conduite de Danilo devait cacher
un secret, et elle se torturait l'imagination pour
le découvrir. A quoi pouvait lui servir cette
vieille qui tombait presque en enfance? Elle ne
le comprenait point.

— Ce n'est que la bêtise, se dit-elle alors; un
être intelligent ne fait jamais quoi que ce soit
dont il ne puisse tirer parti.

Mais ce raisonnement ne la satisfaisait pas,
car, malgré elle, cette bonté qu'elle s'efforçait
de dénigrer provoquait son admiration. Elle
marcha longtemps dans les herbes, dont le

parfum lui montait au cerveau ; les pépiements
des oiseaux crispaient ses nerfs ; elle ne retrouvait plus le charme du steppe. Tout ce qui l'envi-
ronnait lui paraissait enveloppé de gris, et cependant le soleil couchant dorait l'horizon, l'atmosphère était d'une transparence merveilleuse, et la
nature entière s'unissait dans un concert joyeux.

— Eh bien ! moi aussi je veux faire quelque
chose pour cette vieille ; je ne veux pas rester
en arrière de ces chrétiens, s'écria-t-elle.

Puis, comme effrayée du son de sa voix, elle
jeta un coup d'œil autour d'elle, mais personne
ne l'avait entendue ; elle était bien seule au
milieu de l'océan de verdure. Une rougeur
fugitive colora son front, ses joues, jusqu'à son
cou, et ceci encore l'irrita. Pourquoi rougissait-
elle de sa bonne intention ? Elle sentait que sa
charité, si elle venait à être découverte, serait
blâmée par ses parents, et elle comprenait
qu'elle devait s'en cacher comme d'un crime ;
mais, en même temps, il lui semblait qu'en
s'associant à la générosité de Danilo, la blessure
de son orgueil se cicatriserait.

— Je leur montrerai qu'une juive est aussi
capable de faire le bien pour le bien.

Elle reprit le chemin du château. Tout en marchant, elle résolut d'employer ses économies à acheter de quoi confectionner un nouveau sarafane à Ganna, qui en avait grand besoin; elle suivrait l'exemple de Katioucha et déroberait quelques heures à son sommeil pour le coudre; puis elle lui tricoterait des bas, et la jeune fille, dans la gaieté provoquée par ces projets, entonna une *doumka,* la même que Danilo chantait lorsqu'ils s'étaient rencontrés dans le steppe.

Trois jours plus tard, profitant de l'absence de ses parents, qui étaient allés à Kamenka, Mavroussia se dirigeait furtivement vers la demeure de Danilo. Elle marchait vite, se retournant souvent; son cœur battait contre le sarafane qu'elle portait dans ses bras, enveloppé dans un mouchoir; elle craignait d'être aperçue, et, avant d'entrer dans la hata, elle s'assura que la rue était déserte. C'était vers le soir, les paysans étaient encore aux champs, et elle espérait trouver Ganna seule. En effet, la vieille femme était couchée sur le grand poêle de faïence et paraissait sommeiller. Mavroussia s'arrêta sur le seuil; elle pénétrait pour la première fois dans cette hata, dont les propriétaires lui étaient hostiles ; tout le courage dont elle s'était armée en venant s'évanouit soudain; que deviendrait-elle si Ganna refusait son présent? Elle eut envie de fuir, d'emporter son sarafane, qui lui sembla une offrande mesquine en comparaison des bienfaits dont Danilo et sa mère comblaient la vieille femme. Elle qui s'était tant réjouie d'apporter sa part à la charité des paysans se sentit toute petite, presque coupable, dans cette hata, dont la scrupuleuse propreté dissimulait à peine la pauvreté. Ses yeux s'emplirent de larmes, elle allait refermer la porte quand Ganna, se soulevant sur le coude, lui demanda ce qu'elle désirait. La jeune fille devint pourpre, mais elle parvint à vaincre sa timidité, et, s'approchant de la vieille :

— J'ai pensé qu'un nouveau sarafane te ferait plaisir, dit-elle rapidement, les paupières baissées. Tu veux bien accepter celui que je t'apporte? ajouta-t-elle avec un regard suppliant.

Elle déposa le paquet à côté de Ganna, et s'enfuit sans attendre la réponse, redoutant un refus.

La vieille paysanne était si stupéfaite qu'elle

resta un moment sans dénouer le mouchoir;
puis, croyant rêver, elle se frotta les yeux;
était-il possible qu'elle ne se fût point trompée,
et que Mavroussia, la fille de ses persécuteurs,
lui eût apporté ce paquet placé près d'elle?
L'ouvrant enfin, elle en sortit un sarafane tout
neuf; après l'avoir examiné, elle l'étendit à ses
côtés et s'allongea derechef sur le poêle; mais
ses yeux restèrent ouverts, et elle ne parvint
plus à se rendormir. Elle demeura ainsi sans
bouger jusqu'au retour de Danilo et de sa mère.
Comme cette dernière la questionnait sur la
provenance du sarafane :

— C'est un cadeau de Mavroussia, répondit-
elle.

Katioucha laissa tomber le vêtement comme
s'il eût été pestiféré.

— Et tu l'as accepté?... demanda-t-elle avec
indignation. J'espère bien que tu ne le porte-
ras pas?

Ganna hocha la tête d'un air indécis.

— Elle est meilleure que ses parents, fit-elle
avec une certaine hésitation.

Danilo ne dit rien, mais il avait l'air mécontent.

XIII

L'hiver avait succédé à l'été, et la sourde
hostilité que les paysans ressentaient contre
Foma s'était transformée en une haine d'autant plus violente qu'elle était réprimée. En
effet, la pauvreté est doublement pénible pendant la froide saison; en été, les chaleurs dimi-
nuent l'appétit; un morceau de pain et un verre
de kvass suffisent à soutenir les forces; une
chemise déchirée est un mal avec lequel on se
réconcilie aisément, on n'en a que plus frais;
mais lorsque la neige recouvre la terre, le corps
exige une nourriture plus substantielle, des
vêtements chauds; les hatas sans feu deviennent
inhabitables; il semble que la mort vous enlace
peu à peu de son étreinte glacée. Sauf de rares
exceptions, la plupart des habitants de Sofievka
étaient réduits à ce degré de misère où une

écuelle de chtchy est considérée comme un
luxe qu'on ne s'accorde que le dimanche, et
encore! Foma veillait avec soin sur les forêts,
qu'il avait affermées avec le reste de la propriété. Autrefois, quand le combustible manquait aux paysans, ils ne se faisaient scrupule
d'en prendre dans les bois du seigneur. Dans
sa bonté, Kortchenko laissait ces larcins im-
punis; d'ailleurs il suffisait qu'on vînt lui demander du bois pour qu'il l'accordât sans
jamais exiger le payement. Maintenant la situation était changée; on devait acheter à un prix
exorbitant ce qu'on avait été habitué à recevoir gratis; le juif faisait trop bonne garde
autour de son bien pour qu'on pût songer à
employer des moyens illégaux. Malheur à celui
qu'il aurait surpris en flagrant délit de vol !

Deux ou trois paysans très-pauvres et plus
intrépides que les autres s'étaient décidés une
nuit à risquer l'aventure; leurs hatas n'étaient
pas chauffées depuis deux jours. Ils avaient été
arrêtés par les gardes forestiers, conduits chez
Foma, remis entre les mains de la justice. Ils
avaient passé plusieurs mois en prison, et, pendant ce temps, leurs familles étaient presque

mortes de faim. Ce fait avait suffi pour enlever
aux autres paysans toute velléité de suivre
leur exemple ; Foma s'applaudissait de son
savoir-faire. Ses champs étant très-vastes, la
sécheresse, qui avait détruit une partie des récoltes de l'année, lui avait été moins sensible
qu'aux paysans ; d'ailleurs les greniers du château regorgeaient encore des produits de la
saison précédente, et, tandis que les habitants
du village manquaient de blé, il en possédait
une bonne provision et le vendait à un taux
énorme. Tout acheteur qui se présentait chez
lui devait prendre une attitude suppliante,
comme si Foma lui eût accordé une faveur en
lui livrant quelques boisseaux de grains.

— Il me serait plus avantageux de l'exporter,
affirmait-il avec un soupir.

Chaque fois il commençait par repousser la
demande de l'acquéreur ; ce n'était que lorsque celui-ci s'était épuisé en lamentations et en
prières qu'il se laissait fléchir ; encore exigeait-
il un payement immédiat, car il ne consentait
plus à faire crédit.

— Vous me devez bien assez d'argent, et il
est inutile d'augmenter vos dettes, disait-il.

10.

Les paysans courbaient la tête et tremblaient qu'il ne se lassât de demeurer leur créancier. Qu'adviendrait-il le jour où il réclamerait le payement intégral de leurs emprunts? Ils ne s'élevaient pas à des sommes bien considérables, mais encore fallait-il les trouver; or, comment se procurer de l'argent au village, si ce n'est par la vente du bétail et du poulailler? On exécrait Foma, on le maudissait; mais, en sa présence, les têtes se découvraient, les échines se ployaient; ne devait-on pas ménager celui qui tenait en son pouvoir la fortune d'un si grand nombre?

Au commencement de l'hiver, le juif ayant fait une course à la ville voisine en était revenu fort agité. Dans plusieurs provinces, il y avait eu des rixes entre les paysans et les israélites; on parlait de massacres, de familles entières forcées de s'expatrier; le gouvernement ne réprimait que faiblement ces désordres provoqués par les exactions des juifs. On ajoutait même qu'il était question de mettre un terme à ces abus et de promulguer une loi qui interdirait aux israélites le débit des alcools, source principale de leurs revenus. Foma, accablé sous le poids de ces nouvelles, les confia à sa femme, et le couple médita longuement les moyens de conjurer la redoutable éventualité.

— Si je ne puis plus vendre de la vodka, je suis un homme ruiné, geignait-il.

Depuis qu'il s'était emparé de l'administration de Sofievka et faisait fonctionner la distillerie fermée par Kortchenko, les bénéfices qu'il en retirait, joints à ceux du cabaret, formaient un total qui n'était pas à dédaigner. L'inquiétude des juifs augmentait de jour en jour, d'autant plus qu'ils vivaient dans une ignorance complète de la marche des événements. Les journaux étant inconnus dans les villages russes, ils en étaient réduits aux conjectures, et leur imagination surexcitée leur faisait envisager chaque nouveau venu comme un émissaire dangereux. Le son des grelots indiquant le passage d'un traîneau les remplissait d'effroi; transis de peur, ils se précipitaient aux fenêtres pour constater le rang du voyageur, et ne respiraient librement que lorsque ce dernier avait dépassé le château sans s'y arrêter.

Par une sombre après-midi, Rébecca et Foma étaient assis dans le salon du château; ils restaient silencieux, tous deux préoccupés de la même pensée.

— J'en deviendrai fou! s'écria Foma en se levant, et il se mit à marcher à pas rapides.

— Père, dit Savka dont la tête de fouine parut dans l'entre-bâillement de la porte, il y a là Vania qui veut te parler.

Le juif fit un geste d'impatience.

— Tu feras bien de le recevoir, ajouta Savka avec un ricanement. Il pleure à chaudes larmes, et je crois que tu pourrais en tirer parti.

Ayant échangé un regard avec sa femme, qui l'engagea d'un signe à suivre le conseil de leur fils, Foma se rendit à la cuisine, où un paysan hâve et maigre réchauffait à la flamme du fourneau ses doigts bleuis par le froid. Il tourna vers le juif un visage labouré par de longues privations ; ses yeux brillaient comme des charbons ardents ; l'expression du regard était farouche.

— Ma femme est morte d'épuisement, dit-il d'une voix rauque, je suis resté avec trois enfants dont le plus âgé a quatre ans; ils crient, ils ont froid et ils n'ont pas mangé depuis hier. Prête-moi un peu d'argent.

Cette demande parut divertir celui à laquelle
elle était adressée. Foma se mit à rire, il hochait
la tête comme en admiration devant cette pré-
tention inouïe; finalement, il se tint les côtes
en gémissant comme étouffé par son hilarité.
Vania le regardait en dessous, les lèvres serrées,
les bras pendants le long de son corps; ses
doigts froissaient la peau de son touloupe.

— Eh bien? demanda-t-il enfin.

— Eh bien! rétorqua le juif en imitant son
accent, si tu es venu me déranger pour de sem-
blables sottises, tu aurais mieux fait de rester
chez toi. — Et il lui tourna le dos.

— Écoute, s'écria Vania en le retenant par
le pan de son cafetan, si tu ne me donnes pas
de quoi nourrir mes enfants, je ferai un
malheur.

Le regard qui accompagnait ces paroles était
si sombre que Foma eut peur.

— Je ne puis rien pour toi, répondit-il d'un
ton doux. Je le regrette. Va-t'en.

— Donne-moi de l'ouvrage, n'importe quoi.

Foma médita un instant; une idée traversa
son esprit, toute sa figure se rasséréna. Il posa
sa main sur le bras du paysan.

— Ton infortune me touche tellement que je n'ai pas le courage de t'abandonner, fit-il. J'ai pitié de toi, et je crois que je puis t'employer.

Il lui expliqua alors que son neveu était obligé de quitter le cabaret, et en proposa la gestion au paysan.

— Et je pourrai jouir des revenus? demanda Vania.

— Quant à cela, non! s'empressa de répondre le juif. Tu auras officiellement l'administration du cabaret, je désire même que la patente soit délivrée à ton nom, mais en réalité tu ne seras qu'un employé à mes gages; je te donnerai dix roubles par mois, c'est moi qui percevrai les revenus, et qui t'indiquerai la façon de conduire les affaires.

— Mais alors pourquoi tiens-tu à faire usage de mon nom? reprit le paysan, qui ne comprenait pas la nécessité de cette complication.

— Ceci ne te regarde pas. Réponds oui ou non. Si tu refuses, je n'ai rien d'autre à t'offrir.

Vania hésita; son instinct lui soufflait que cette combinaison cachait quelque embûche; il lui répugnait de jouer le rôle de l'homme de paille du persécuteur du village. Que diraient les paysans en apprenant son élévation subite au rang de cabaretier, lui dont la misère n'était un secret pour personne? On se demanderait d'où lui étaient venus les fonds nécessaires pour entreprendre le commerce; on devinerait la vérité, et alors il serait déshonoré; jamais ses camarades ne lui pardonneraient de s'être abaissé à servir les intérêts du juif au détriment des leurs. Il se vit bafoué, vilipendé par tous.

— Non, s'écria-t-il, je ne puis accepter ta proposition.

Foma haussa les épaules et se dirigea vers la porte. Comme il en tournait le bouton :

— Arrête! dit le paysan; je ferai ce que tu voudras.

Le souvenir de ses enfants affamés s'était dressé devant lui; leurs gémissements retentissaient à ses oreilles, il voyait leurs regards suppliants, leurs petites mains jointes; il entendait leurs voix tremblantes qui disaient : « Père, nous avons faim! » Il se résignait à accepter le déshonneur pour leur procurer du pain.

Foma fut enchanté de sa combinaison; ses appréhensions tombèrent du coup; désormais

il n'avait pas à redouter la promulgation de la
nouvelle loi.

Pendant ce temps, Mavroussia continuait à
s'occuper de Ganna, qui avait saisi la première
occasion pour la remercier de son présent.
Encouragée, la jeune fille se plaisait à augmenter
les hardes de sa protégée. Ses visites, fort espa-
cées d'abord, devinrent plus fréquentes; elle
éprouvait du plaisir à s'entretenir avec la vieille
femme, dont la résignation l'édifiait. Elle avait
commencé par l'aller voir aux heures où elle
était à peu près certaine de la trouver seule.
Mais s'étant une fois attardée à lui parler de ses
chers absents, dont elle ne recevait aucune nouvelle, Katioucha était rentrée. La jeune fille
effrayée se leva immédiatement, mais Ganna
l'obligea à se rasseoir.

— N'aie pas peur, lui dit-elle; Katioucha
sait que tu es bonne.

La paysanne marmotta quelques mots inintelligibles en réponse au regard inquiet de Mavroussia; pourtant elle ne lui dit pas de s'en
aller, et peu à peu des relations amicales s'établirent entre les trois femmes. Danilo, qu'elle
finit aussi par rencontrer, ne lui parlait que ra-

rement; il évitait de rester avec elle; mais quand ils se trouvaient ensemble, Mavroussia sentait son regard se poser sur elle avec une persistance singulière. Insensiblement elle était arrivée à désirer de le voir; elle aimait à être témoin des soins qu'il prodiguait à sa famille; dans cette hata de paysan, elle se sentait comme enveloppée d'une atmosphère de sérénité, et elle s'y trouvait bien. Elle s'en allait à regret, ses pensées restaient près de ceux qu'elle avait quittés et s'attachaient surtout à Danilo. La noblesse de son caractère lui inspirait une estime qui dégénéra bientôt en un sentiment plus vif. Elle songeait au jeune homme, et chaque fois qu'elle offrait quelque cadeau à Ganna, elle se réjouissait d'avance du sourire reconnaissant de Danilo; d'abord elle ne s'était souciée que d'être agréable à la vieille femme, maintenant elle ne se préoccupait guère que de l'approbation du jeune homme.

— Je tiens à lui prouver que je vaux autant qu'une chrétienne, se répétait-elle, et elle était de bonne foi en croyant que ce désir seul guidait sa conduite.

Ses œuvres charitables étaient entourées de

11

tant de mystères qu'elles avaient échappé à la
surveillance de Rébecca, mais Mavroussia tremblait d'être découverte et envisageait avec terreur cette éventualité qui devait inévitablement
se produire.

XIV

C'était le vendredi saint. Mavroussia savait
l'austérité avec laquelle la famille de Danilo
observait les rites de l'église, et n'ignorait pas
non plus combien le jeûne durant depuis six
semaines avait affaibli les forces de Ganna.
Depuis quarante jours, elle ne se nourrissait que
de pain noir et de kvass; même les concombres
salés, un des aliments préférés en carême, faisaient défaut; aussi la jeune fille avait-elle réussi
ce jour-là à dérober au garde-manger de ses
parents quelques galettes de farine de maïs
qu'elle destinait à la vieille femme. Prétextant
une emplette à la mercerie qui, étant tenue par
un juif, restait ouverte malgré la solennité du
jour, elle courut à la hata de Danilo :

— Petite mère, je t'apporte... s'écria-t-elle,
et s'arrêta stupéfaite.

Ganna était affaissée dans un coin; ses mains pendaient inertes le long de son corps; sa tête ballottait sur sa poitrine, une lettre ouverte reposait sur ses genoux. Danilo se tenait debout devant elle dans une attitude remplie de commisération, tandis que Nikita, assis à quelque distance de la vieille femme, la regardait d'un œil presque triomphant : « Ne te l'avais-je pas prédit? » semblait-il dire.

Mavroussia toucha timidement le bras de Danilo; ces trois êtres étaient si absorbés qu'ils n'avaient pas remarqué son entrée.

— Qu'est-il arrivé? demanda-t-elle à mi-voix.

Le jeune homme tressaillit et repoussa sa main. Nikita fixa sur elle son œil farouche.

— Lis, fit-il en lui indiquant la lettre. Mavroussia regarda alternativement Ganna et son fils; ils ne parlaient ni l'un ni l'autre, alors elle prit le papier grossier couvert d'une écriture mal assurée, et lut ce qui suit :

« Mère estimée,

« Je considère comme mon premier devoir de t'envoyer l'expression de mon respect et de te dire que je prie le Dieu tout-puissant de t'accorder la santé et l'accomplissement de tous tes désirs, ensuite de t'informer que je me porte bien et que pour le reste j'espère en la miséricorde divine. J'ai aussi la douleur de t'annoncer que mon bien-aimé père « nous a recommandé de vivre longtemps [1] »; il faut beaucoup travailler pour gagner quelques kopecks ici; il s'est trop fatigué, et cette nuit il a rendu son âme à Dieu. Je l'ai enterré; on ne me donne plus d'ouvrage dans cette contrée, et demain je vais à Moscou; on m'assure qu'il s'en trouve toujours dans cette grande ville. Je n'ai plus rien de particulier à te communiquer, et te salue, ainsi que tous ceux qui se souviennent de moi au village. Puisse la bénédiction du Seigneur reposer sur toi!

« Ton fils respectueux,

« FEDIA. »

Le papier échappa des mains de Mavroussia; elle se précipita aux genoux de la veuve, la serra dans ses bras, pendant que les larmes coulaient sur ses joues.

---

[1] Locution vulgaire usitée par le peuple russe pour indiquer la mort de quelqu'un.

— Petite mère chérie, courage ! courage ! murmurait-elle en la couvrant de baisers.

La vieille femme paraissait insensible; on eût dit que son corps était présent et que l'âme s'était déjà envolée.

— Comment la tirer de cet état de prostration ? s'écria la jeune fille désolée en se tournant vers Danilo.

— Va-t'en, cria tout à coup Nikita blême de colère. Ne comprends-tu pas que ce malheur est l'ouvrage de ton père ? que ta présence est un outrage ?... Hors d'ici, fille maudite !

Le vieillard s'était levé, et lui indiquait la porte de son bras étendu. Mavroussia lui jeta un regard éperdu ; il la rappelait brutalement à son origine, qu'elle avait oubliée dans sa sympathie pour la douleur de Ganna. Elle joignit les mains avec désespoir, se prosterna aux pieds de la veuve et les baisa.

— Pardon ! pardon ! dit-elle d'un accent brisé; puis elle se traîna vers la porte.

— Mavroussia ! dit faiblement Ganna.

Elle se précipita vers celle qui la rappelait; la vieille femme appuya sa tête sur l'épaule de la jeune fille :

— Ce n'est pas ta faute, dit-elle; reste.

Un torrent de larmes jaillit de ses paupières gonflées.

Nikita poussa une imprécation et quitta la pièce en enveloppant d'un regard de mépris les deux femmes enlacées.

Danilo s'était laissé tomber sur un banc, la tête dans ses mains. Mavroussia n'osait pas le questionner, et ce n'est qu'au retour de Katioucha qu'elle apprit que la lettre était arrivée dans la matinée; ni Ganna ni Danilo ne savaient lire, ils avaient appelé Nikita, et c'est lui qui leur avait communiqué la fatale nouvelle.

Katioucha envoya immédiatement son fils chez le prêtre. A l'arrivée de celui-ci, Mavroussia, voulut s'en aller; elle ne se sentait pas le droit d'assister à cet entretien, mais une pression de la main de Ganna la retint à sa place. Père Afanasiy parla des joies que le ciel réserve à ceux qui ont été éprouvés sur terre; sa voix mélancolique parvenait à la jeune fille comme le murmure d'une source. Il ne prêchait pas la résignation, car Ganna n'était pas une révoltée, mais il tâchait de la pénétrer d'un sentiment de reconnaissance envers Celui qui avait daigné mettre un terme aux peines de Gavrilo, dont il lui représentait la mort comme une délivrance. Son œil brillait d'un pur éclat, les traits de Ganna exprimaient un grand apaisement.

— Que la volonté de Dieu soit bénie en toutes choses ! dit-elle.

— Souviens-toi, conclut Père Afanasiy en se levant, que nous célébrons aujourd'hui l'anniversaire du jour où le Fils de Dieu est mort sur la croix afin d'obtenir de son Père la rédemption de nos péchés. Remercie le ciel qui t'accorde la grâce de joindre ta souffrance à celle que Jésus a subie pour expier les erreurs de Gavrilo et lui ouvrir les portes du paradis. Agenouillé devant la sainte effigie du Crucifié, je vais prier pour ton mari.

Il bénit la vieille femme, qui lui baisa dévotement la main, puis il reporta son regard sur Mavroussia, qui buvait pour ainsi dire ses paroles.

— Que le Seigneur daigne ouvrir ton cœur à la vérité ! fit-il avec douceur. Je vois que tu compatis au chagrin de Ganna... Que ne viens-tu assister au service divin ? La maison de Dieu est ouverte à tous ses enfants.

Danilo l'accompagna jusqu'au perron.

— Il est tard, dit-il en rentrant. Ne crains-tu pas, Mavroussia, d'inquiéter tes parents par une absence aussi prolongée ?

La jeune fille se secoua comme au sortir d'un rêve ; son œil rencontra celui du paysan, qui la considérait avec attendrissement ; leurs regards se fondirent l'un dans l'autre ; ils comprirent qu'ils s'étaient aimés sans en avoir eu conscience.

Comme Mavroussia retournait à sa demeure, il lui sembla qu'un monde nouveau s'ouvrait devant elle, mais ce monde représentait un chaos où elle ne savait pas s'orienter. La résignation de Ganna, la grandeur de son pardon, — elle s'était abstenue de tout reproche vis-à-vis de celle qu'elle avait vainement implorée autrefois, — la tendre prévoyance dont Danilo avait fait preuve en se souvenant du danger qu'elle courait en prolongeant sa visite, tout cela la frappait de stupeur. Les traits mâles du jeune homme lui apparaissaient comme entourés d'une auréole ; un élan d'amour irrésistible l'entraînait vers celui qui lui avait dévoilé les trésors de la charité.

— Et il m'aime ! il m'aime ! je le sens, se répétait-elle avec une joie intense… Et ce prêtre, qui m'a parlé avec bienveillance, qui m'a non-seulement autorisée, mais engagée à fréquenter son église, moi qui voulait le fuir, craignant qu'il ne me chassât !

Après le départ de la jeune fille, Danilo s'était rendu à l'église, mais il était distrait et ne parvenait pas à suivre avec onction les prières récitées par le prêtre. Il retrouvait l'œil noir de Mavroussia jusque devant l'autel.

— Il y a longtemps que je crains de l'aimer, pensait-il ; maintenant je n'en puis plus douter ; pourtant j'ai lutté contre cet amour, qui m'obsédait comme un crime… N'est-elle pas une juive ?… Et malgré cela je sens que je n'aimerai jamais une autre femme ; quand je la vois, tout mon être s'élance vers elle… je voudrais l'étreindre dans mes bras… Et jamais elle ne sera à moi !

Un soupir, comme un sanglot douloureux souleva sa poitrine. Il tomba à genoux, battant du front contre les dalles froides :

— Seigneur, dit-il, délivrez-moi de la tentation !

XV

Tout était silencieux dans la demeure seigneuriale. Foma et Rébecca étaient depuis longtemps endormis; on n'entendait au dehors que
les pas des veilleurs de nuit qui faisaient la
ronde autour du château. Le sommeil cependant fuyait Mavroussia, et ses yeux caressaient
l'image de Danilo, qu'elle voyait se détacher
de l'obscurité. Tout à coup une volée de cloches rompit le silence; d'abord graves, espa-
cées, les notes se rapprochèrent peu à peu,
s'égrenèrent rapidement les unes après les
autres, s'élançant vers le ciel comme un hymne
de triomphe.

Mavroussia se souleva et prêta l'oreille :

— C'est la nuit du samedi saint, pensa-
t-elle.

De toutes les fêtes de l'année, les Russes

entourent d'une vénération spéciale celle de Pâques.

Elle retomba sur l'oreiller avec un regret amer; le son de ces cloches joyeuses retentissait tristement dans son cœur; que ne lui était-il permis de s'associer à l'allégresse générale ! Ramenant les couvertures sur sa tête, elle essaya de s'endormir ; mais les sons qui s'élargissaient, et dont l'ampleur remplissait l'espace, continuaient à la poursuivre.

— Danilo est aussi à l'église, se dit-elle, saisie d'un violent désir d'être à ses côtés et d'assister près de lui au service divin.

Elle se souvint de l'invitation du prêtre, et, sans hésiter, sans réfléchir aux conséquences de son imprudence, elle sauta à bas de son lit, s'habilla à la hâte et se glissa à travers les salles obscures du château. Ayant tiré avec précaution le verrou de la porte d'entrée, une bouffée d'air printanier la frappa au visage, et elle se mit à courir dans la direction de l'église. Les fidèles y étaient déjà assemblés; elle se faufila timidement parmi eux, espérant passer inaperçue dans la foule. La clarté de l'église l'éblouit. D'innombrables lumières surchar-

geaient les chandeliers d'argent placés devant
l'iconostase; chacun des fidèles tenait à la main
un cierge allumé; un inconnu en offrit un à
Mavroussia, qui l'accepta machinalement. A
droite, sur un pupitre recouvert d'un drap d'or
et surmonté d'une espèce de baldaquin, reposait
une image de la Sainte Vierge constellée de
pierreries. Des vertus miraculeuses étaient attri-
buées à cette image, qui attirait les pèlerins
des environs. En témoignage de leur reconnaissance, les pauvres se bornaient à offrir un
cierge; les riches incrustaient un diamant ou
un rubis dans la garniture d'or qui encadrait
l'effigie de la madone; les offrandes étaient si
nombreuses qu'elles formaient un pavé de
pierres précieuses; nuit et jour, des centaines
de lumières entouraient l'image. A gauche de
l'iconostase se tenait le groupe des chantres
parés de chasubles en drap d'argent, parsemées
de fleurs en soie. Un silence profond régnait
dans l'église; on n'entendait que le crépitement
des cierges qui brûlaient; tous les regards
étaient dirigés vers l'autel avec une expression
d'attente. La grande porte du milieu de l'iconostase s'ouvrit à deux battants : Père Afanasiy

et le diacre parurent, revêtus de leurs habits
sacerdotaux, qui étincelaient aux lumières. Le
premier tenait de ses deux mains une croix en
or entourée de trois cierges, son assistant portait un évangile; des deux portes latérales
de l'iconostase sortirent les sacristains, les
anciens du village, portant les uns des images,
les autres des bannières et des cierges allumés.
Ainsi accompagné, le prêtre traversa l'église et
en fit lentement le tour extérieur; cette proces-
sion a lieu en commémoration de la visite des
disciples au sépulcre du Christ. En rentrant,
Père Afanasiy, s'arrêtant sur le seuil, prononça
d'une voix sonore :

— Christ est ressuscité!

Il éleva la croix et en bénit l'assistance, qui
répondit :

— En vérité, il est ressuscité!

Le chœur entonna un chant qui ébranla les
voûtes de l'église, où courut un murmure
d'allégresse; une volée de cloches se répercuta
dans les airs. Le prêtre revint vers l'iconostase
en bénissant sur son passage les têtes inclinées;
arrivé devant l'autel, il se tourna vers le peuple,
baisa le crucifix; le diacre suivit son exemple,

les deux hommes s'embrassèrent trois fois, puis
Père Afanasiy se tint immobile, présentant la
croix aux paysans, qui s'en approchaient un à
un avec une grande piété; chacun donnait l'ac-
colade en prononçant la phrase consacrée, re-
mettant un œuf rouge au prêtre, qui le déposait
aussitôt sur le plateau que tenait un sacristain
placé à ses côtés. Le diacre aspergeait d'eau
bénite chaque fidèle. La nouvelle de la résur-
rection du Christ courut de rang en rang au
milieu du bruit des baisers qu'on échangeait en
témoignage de joie.

Danilo avait reconnu Mavroussia, s'était rapproché d'elle sans qu'elle le remarquât, et ses
yeux ne se détachaient pas du visage de la
jeune fille, qui trahissait toute ses impressions.
Elle suivait avec émotion chaque mouvement
du prêtre, qui lui apparaissait comme dans un
nimbe d'or... Tout à coup des lèvres brûlantes
se posèrent sur sa joue, et une voix connue
murmura à son oreille :

— Christ est ressuscité!

— Oui, en vérité, répondit-elle avec conviction, — et elle rendit le baiser.

Cette caresse était dégagée de toute passion

terrestre; par ce baiser, le premier qu'elle eût
reçu de l'homme qu'elle aimait, elle s'unissait
à lui par un lien indissoluble; leurs âmes se
fondaient dans une commune prière, dans une
harmonie céleste. Danilo poussa doucement
Mavroussia vers le prêtre; elle n'essaya pas de
résister; elle avait abdiqué son individualité
pour s'absorber dans celle du jeune homme, et
il lui semblait qu'ils n'étaient plus tous deux
qu'une émanation d'amour divin. Toujours
guidée par Danilo, ses lèvres s'appuyèrent sur
la croix; pendant qu'elle se prosternait, Père
Afanasiy lui dit :

— Que Dieu te bénisse!

La main dans celle du paysan, elle demeura
comme en extase devant les images. Un senti-
timent d'exquise béatitude l'alanguissait; il lui
semblait qu'elle planait dans des régions où
des formes indécises flottaient autour de Jésus
dans un soleil radieux, et que Jésus lui faisait
signe de venir à lui.

La messe était commencée; les chants réson-
naient à ses oreilles comme une musique surna-
turelle; ils lui paraissaient descendre de ce ciel
vers lequel son âme s'élançait.

— Pardonne-nous nos péchés comme nous pardonnons à ceux qui nous ont offensés! chantait le chœur.

Ces paroles la ramenèrent sur terre; elle jeta un coup d'œil autour d'elle et vit des visages empreints de sérénité. La main de Danilo pressa la sienne. Des larmes roulèrent sur ses joues. Elle comprit ce que signifiait le terme de « frère » dont ces hommes se servaient entre eux, et qui n'était pas un mot vide de sens; ils étaient frères, en effet, par la charité, par le pardon réciproque, par l'amour du Christ. Ses genoux fléchirent; elle était pour ainsi dire écrasée par le bonheur de ce pardon universel dont elle n'était pas exclue.

Quelques femmes se détachèrent des rangs et vinrent se prosterner devant les images; Père Afanasiy sortit de l'autel en tenant la coupe d'or qui contient l'eucharistie; les femmes agenouillées répétèrent à haute voix la prière qu'il adressait au ciel de les rendre dignes de recevoir la chair et le sang du Christ. A cette vue, Mavroussia faillit se traîner aux pieds du prêtre pour le supplier de lui accorder la grâce de participer à cette communion qui met le chrétien en contact direct avec son Dieu.

La cérémonie était terminée; chacun s'empressait de sortir pour retrouver son gâteau et son fromage pascal, que le prêtre devait bénir en quittant l'église. Sur la pelouse étaient disposées des planches recouvertes de ces provisions spécialement réservées pour la fête de Pâques; des monceaux d'œufs rouges entouraient les fromages blancs en forme de pyramides. La foule des paysans n'attendait que la bénédiction du prêtre pour emporter les mets consacrés qui mettent un terme au jeûne. Le souper de la nuit de Pâques est une tradition si chère au moujik qu'il est prêt à tous les sacrifices pour ne pas y manquer.

Pénétrée des émotions qu'elle venait de traverser, Mavroussia se dirigea vers le château. Depuis le baiser, elle n'avait pas causé avec Danilo, qui l'avait quittée pour rejoindre sa mère. A mi-chemin, elle s'arrêta, prêtant l'oreille aux éclats de voix des paysans restés en arrière; ils étaient réunis comme s'ils ne formaient qu'une seule famille, tandis qu'elle allait seule par la route que blanchissait l'aube du jour

naissant. Autour d'elle, la campagne était calme,
mais dans cette solitude elle croyait entendre
un monde d'idées qui priaient. Quelques étoiles
vacillaient sur le firmament sillonné de bandes
roses; le château prenait un aspect lugubre dans
cette pâle clarté. En se retrouvant au milieu de
sa chambre, Mavroussia frissonna; elle regarda
son lit d'un œil hagard, comme pour s'y chercher, et il lui sembla qu'elle n'était plus elle-
même, que la Mavroussia d'autrefois avait fait
place à une autre qu'elle ne reconnaissait plus.
Était-ce bien elle la juive qui avait quitté furtivement la maison paternelle pour passer la nuit
à l'église? Elle avait joint ses prières à celles des
chrétiens; se conformant à leurs usages, elle
avait baisé la croix, elle avait affirmé que ce
Christ auquel il lui était interdit de croire était
ressuscité. N'était-elle pas parjure à la religion
de ses ancêtres? N'était-elle pas déjà devenue
chrétienne? Un tremblement la secoua des pieds
à la tête.

— Que suis-je donc? s'écria-t-elle.

Il lui paraissait impossible de renoncer à la
foi de son peuple, c'était une monstruosité qui
l'épouvantait, et cependant elle sentait ses con-

victions lui échapper une à une; les principes
dont on l'avait nourrie dès l'enfance s'écrou-
laient, elle essayait vainement de se raccrocher
à ce qui la soutenait jadis.

— Non, non, je ne veux plus aimer Jésus,
Danilo, ces ennemis de ma race. Je veux... je
dois rester fidèle à mon peuple,... gémissait-elle,
tandis qu'accoudée à la fenêtre, elle assistait,
troublée et désemparée, au réveil de la nature.

XVI

Quelques heures plus tard, Savka, attablé au cabaret, la tête dans ses mains, feignait de dormir, mais, en réalité, il prêtait l'oreille à ce qui se disait autour de lui.

A la suite des démonstrations antisémitiques qui s'étaient produites sur quelques points de la province, les paysans de Sofievka avaient pris une attitude moins humble vis-à-vis de Foma. Préoccupé de ce changement, celui-ci avait chargé son fils de surveiller l'état des esprits.

— As-tu vu Mavroussia cette nuit à l'église? demanda un paysan à un autre; tous deux étaient assis à quelque distance de Savka, et, le croyant endormi, parlaient à haute voix.

— Depuis quand est-elle orthodoxe?

Savka se leva d'un bond.

— Que veux-tu dire?

Le paysan, décontenancé, ricana bêtement.

— Réponds-donc, imbécile! cria le jeune homme en frappant du pied. Si tu prétends que ma sœur a été à l'église, tu n'es qu'un menteur.

— Oh! quant à ça, non! rétorqua le paysan; et blessé d'être accusé de mensonge, il cita ceux de ses camarades qui pouvaient témoigner de sa véracité; puis satisfait d'avoir froissé le juif, il ajouta que Mavroussia était bien différente des autres filles de sa race, et que personne au village n'ignorait ses bontés pour Ganna et son attachement à la famille de Danilo.

Savka s'enfuit du cabaret comme un fou. Hors de lui, ce ne fut qu'en bredouillant et par des paroles entrecoupées qu'il informa ses parents de la conduite de leur fille. Ceux-ci repoussèrent l'accusation comme une calomnie, ils ne pouvaient croire à un fait aussi invraisemblable. Cependant, comme Savka insistait, ils questionnèrent Mavroussia.

— C'est la vérité, répondit-elle d'un ton calme.

Les juifs la regardèrent avec épouvante, et

accablèrent d'un torrent d'invectives la jeune fille, qui, pâle et muette, n'essayait même pas de se disculper.

— Je te défends de quitter l'enceinte du château, dit Foma. Si tu mets le pied au village, je t'enfermerai au verrou.

Mavroussia baissa la tête, mais elle sentit la révolte gronder dans son cœur. La violence avec laquelle son père avait parlé des chrétiens contrastait avec la douceur et l'indulgence de ces derniers. Jamais devant elle ils n'avaient murmuré contre celui qui leur avait fait tant de mal, et aujourd'hui c'était le persécuteur qui tonnait contre ses victimes! Cette injustice tombant au milieu des scrupules de la jeune fille augmenta son trouble. Torturée par les sentiments les plus contradictoires, les convictions de son enfance et le respect des siens la retenaient à la foi de son peuple, en même temps que la délicatesse de son cœur et l'amour qu'elle portait à Danilo l'attiraient vers ce Christ qu'on lui défendait de vénérer.

Pendant plusieurs jours elle se confina dans sa chambre.

Une petite pluie fine tombait du ciel et détrem-

pait le sol. Les bourgeons commençaient à parer
les arbres dénudés. L'atmosphère était lourde,
un tapis incolore semblait tendu sur le ciel
bas. Mavroussia descendit au jardin. C'était la
première fois qu'elle quittait la maison depuis
la scène avec ses parents. Elle suivit à petits
pas une allée de charmilles, en songeant
à Ganna. Comme la vieille femme devait
s'étonner de ce qu'elle eût négligé de lui souhaiter une bonne Pâque! La jeune fille soupira
en se rappelant le présent qu'elle avait préparé
pour cette occasion, et qui était resté caché au
fond d'un tiroir. Au bout de l'allée, elle s'arrêta
devant le ravin qui seul séparait cette partie du
jardin des champs environnants, et les regarda
d'un œil d'envie. Tout là-bas elle distinguait le
petit sentier qui menait à la hata de ses amis;
un peu de hardiesse, un élan, et le ravin serait
franchi, et elle reverrait Ganna, Danilo; c'était
surtout ce dernier qu'elle tenait à revoir. Elle
pourrait les prévenir de ce qui était arrivé, leur
dire adieu! Elle répéta lentement ce mot qui lui
faisait mal, et ce n'est qu'alors qu'elle comprit
le vide que cet adieu laisserait dans sa vie. Que
deviendrait-elle, privée de ses affections qui

lui étaient devenues indispensables? Elle frissonna en pensant à la nécessité de rentrer chez
elle, parmi les siens, dont chaque parole lui
infligeait une blessure.

— Mavroussia! s'écria tout à coup une voix
joyeuse; deux bras enlacèrent sa taille, et des
lèvres frémissantes se posèrent sur les siennes.

Danilo avait appris l'altercation qui avait eu
lieu au cabaret entre Savka et le paysan trop
bavard. N'ayant pas vu Mavroussia depuis
quelques jours, il s'était douté de la vérité;
aussi rôdait-il autour du jardin dans l'espoir de
l'apercevoir, ne fût-ce que de loin. Le hasard,
bienveillant quelquefois, l'avait amené au ravin
au moment où la jeune fille y était arrêtée. Il
n'avait pas hésité à le franchir.

— Ma petite âme! ma bien-aimée! murmu-
rait-il en la couvrant de baisers sans qu'elle
songeât à se dérober.

Tous deux, surexcités par les angoisses de la
séparation, oubliaient qu'ils ne s'étaient pas
encore avoué leur tendresse. D'ailleurs, l'amour
ne se sent-il pas bien plus qu'il ne s'exprime,
et quand on aime, n'est-ce pas une profanation
que d'en parler? Danilo ne se souvenait plus de

12

l'origine de Mavroussia, qui, de son côté, oubliait ses résolutions de rester fidèle aux traditions de son peuple; ce premier transport de leur amour les arrachait à tout souvenir et ne leur laissait que la certitude exquise de l'ivresse du moment.

Quand ils furent un peu calmés, Danilo questionna Mavroussia, qui le mit au courant de sa situation. Mais, tout en lui parlant, elle ne pouvait retenir ses larmes et se pressait contre la poitrine du jeune homme comme pour y chercher un refuge.

— M'aimes-tu assez pour accepter ma religion et devenir ma femme? demanda-t-il d'un ton grave.

Il souleva la tête de Mavroussia, et, se reculant un peu, il plongea son regard dans ses yeux pour y fouiller les replis les plus secrets de son âme. Les lèvres de la jeune fille tremblèrent, un spasme agita ses traits; elle ferma les paupières; ses parents, ses amis défilèrent devant elle en la maudissant; elle croyait les entendre. Elle se sentait faiblir devant l'anathème que lui lancerait son peuple. Danilo la contemplait.

— Si tu ne deviens pas chrétienne, dit-il d'une voix sourde, je ne te reverrai jamais.

Elle chancela et devint pâle comme une morte. Le sort de son existence entière dépendait de sa décision. Un combat se livra dans son âme. Elle leva ses yeux sur ceux du jeune homme et y lut une énergie désespérée; haletant, penché sur elle, il attendait son arrêt.

— Je t'aime! murmura la juive vaincue, ta foi est la mienne.

Un rayon de soleil perça les nuages; un large ruban semblable à un arc-en-ciel traversa l'espace, une brise légère agita les branches lourdes de pluie; les gouttes d'eau tombèrent comme des diamants sur les jeunes gens enlacés dans le rayon lumineux.

Il fut convenu entre eux que Danilo communiquerait au Père Afanasiy le désir de Mavroussia d'entrer dans le giron de l'église orthodoxe. Il ne doutait pas que le prêtre ne l'aidât à réaliser ce vœu, et devait revenir le lendemain pour décider, avec celle qu'il considérait désormais comme sa fiancée, des arrangements définitifs au sujet de leur avenir. Les jeunes gens s'étaient réfugiés dans un bosquet; assis sur un banc, ils s'entretenaient de leur bonheur futur, et les heures coulaient sans qu'ils s'en aperçussent. Mavroussia promettait de s'esquiver de la maison paternelle au jour que fixerait le Père Afanasiy ; le consentement de ses parents n'étant pas à espérer, elle ne voulait même pas le leur demander. Quant à ce qui adviendrait après son mariage, elle n'osait pas le prévoir, elle souffrait à l'idée de s'aliéner sa famille, mais elle se sentait incapable de se séparer de Danilo ; aussi imposait-elle silence à tout ce qui n'était pas son amour.

Ils étaient si absorbés qu'ils n'entendirent point des pas furtifs se glisser derrière eux. L'heure du souper ayant sonné sans que Mavroussia eût paru, Rébecca avait envoyé Savka à sa recherche. Celui-ci, après avoir vainement appelé sa sœur, s'était dirigé vers l'allée qu'il savait être une de ses promenades favorites ; il avançait avec prudence, fouillant les charmilles du regard. S'arrêtant à quelque distance du bosquet, il crut entendre des chuchotements et tendit l'oreille ; bientôt il reconnut la voix de Mavroussia et celle de Danilo. S'effaçant, il rampa entre les buissons derrière le banc, et là, retenant son haleine, accroupi sur la terre humide, il assista, invisible, à une partie de leur entretien. Ce qu'il en surprit suffit à l'éclairer; furieux, il aurait voulu fondre sur les coupables, les étrangler; mais ils étaient deux. Danilo était robuste; Savka retint sa colère et attendit. Danilo se leva enfin; ses bras passés autour de Mavroussia, il déposa un long baiser sur ses lèvres. Savka étouffait, mais il ne bougea point. Quand le paysan se trouva de l'autre côté du ravin, la jeune fille lui envoya de la main un dernier baiser, et, le sourire encore flottant sur ses lèvres, elle se dirigea vers le château. C'est alors que Savka, écartant les broussailles, bondit sur elle.

— Misérable! cria-t-il, et, incapable d'en dire davantage, il l'entraîna devant ses parents.

Mavroussia se sentit perdue; une sueur froide couvrit son front; qu'allait-elle devenir?

Foma, les yeux remplis d'éclairs, les lèvres frémissantes, écouta sans l'interrompre la dénonciation de son fils. Quand il l'eut achevée :

— Est-ce tout? demanda-t-il, et, sur sa réponse affirmative, il s'approcha de sa fille, la

12.

fascinant pour ainsi dire du regard, et lui posant
la main sur le bras :

— Tu n'es qu'une malheureuse! fit-il d'une
voix rauque. Un chrétien t'aurait tuée... je me
contenterai de te traiter comme une folle qui
déshonore le toit paternel.

Tandis qu'il parlait, ses doigts broyaient le
bras de Mavroussia; elle ne put réprimer un
cri de douleur, il la traîna jusqu'à sa chambre,
où il la poussa si violemment qu'elle alla heurter
le mur; puis il sortit, fermant la porte à double
tour, et mit la clef dans sa poche.

Accroupie sur le plancher, elle entendit le
bruit de ses pas se perdre peu à peu; le silence
se fit autour d'elle; elle était prisonnière; les
quatre murs de sa chambre étaient un obstacle
infranchissable; combien de temps y demeure-
rait-elle? Son père allait-il réaliser sa menace
et la traiter en fille insensée? Saisie à cette pensée d'un désespoir furieux, elle se leva d'un
bond et se rua contre la porte, qui ne céda
pas : ses doigts s'écorchaient sans parvenir à
l'ébranler; alors, perdant la tête, elle se précipita vers la fenêtre : plutôt la mort que cette
réclusion forcée! En ouvrant la croisée, elle

aperçut Savka étalé sur un banc, qui la regardait avec une expression diabolique et la menaçait du poing. Elle se rejeta en arrière et tomba en sanglotant au pied de son lit.

XVII

En quittant Mavroussia, Danilo avait couru chez le Père Afanasiy.

— Ce que tu entreprends là est grave, dit celui-ci. Es-tu bien sûr que Mavroussia soit touchée de la grâce, et que ce ne soit pas l'amour qu'elle te porte qui la pousse à souhaiter le baptême ?

Le paysan protesta des convictions religieuses de la jeune fille, et, après quelques objections aisément écartées, il obtint le consentement désiré. Il fallait observer le mystère le plus absolu, et la cérémonie du mariage suivrait immédiatement celle du baptême, tout retard pouvant amener des complications redoutables. Danilo attendit le lendemain avec impatience. A l'heure convenue, il était dans le champ; mais, comme il s'apprêtait à franchir le ravin,

il aperçut Savka assis sur le bord opposé.
Il étouffa une imprécation, et, se cachant
derrière un arbre d'où il pouvait surveiller
l'allée, il résolut d'attendre le départ du juif.
Celui-ci cependant paraissait peu soucieux de
s'en aller ; les heures s'écoulaient sans qu'il fît
mine de bouger, et cette persistance ne laissait
pas que d'inquiéter Danilo. Le crépuscule descendit sur la terre, et Savka restait toujours immobile. Alors les soupçons du paysan se chan-
gèrent en certitude.

— Les juifs auront eu vent de quelque chose,
pensa-t-il. Peut-être m'a-t-on aperçu dans le
jardin ? Savka est chargé de surveiller ce qui se
passe.

Il s'en retourna au village le cœur gros,
essayant de se consoler par l'espoir de revoir
Mavroussia dans le courant de la journée sui-
vante ; car, quelles que fussent ses appréhensions, il était loin de deviner la vérité.

Les vingt-quatre heures qui suivirent lui parurent interminables, mais sa surprise et sa douleur furent extrêmes lorsqu'il retrouva Savka à
son poste d'observation ; il paraissait n'en avoir
point bougé, tant son attitude était identique

avec celle de la veille. Que signifiait cette obsti-
nation ? Danilo se dissimula derrière un arbre,
mais bientôt, incapable de maîtriser plus longtemps sa colère, il s'enfuit à travers champ sans
se retourner; il sentait qu'en restant il n'aurait
pu résister à la tentation de sauter à la gorge
de Savka.

L'ignorance à laquelle il se trouvait réduit
l'exaspérait au point qu'il se sentait devenir
fou : mille projets insensés se heurtaient dans
sa tête, mais la réflexion les lui faisait aussitôt
abandonner. Pourrait-il lutter, lui chrétien et
étranger, contre l'autorité paternelle? Restait la
ruse. Mais comment en user quand il ne savait
rien de ce qui était arrivé? Il erra toute la nuit
dans les environs, guettant chaque bruit, chaque son, mais tout restait calme; le château
hermétiquement clos ne trahissait pas ses
secrets.

Le matin, rongé par l'incertitude, Danilo
entra au cabaret, lui qui d'ordinaire n'y mettait pas les pieds. A cette heure matinale, Vania
était seul, accroupi dans un coin, la tête enfoncée dans ses mains. Il était malheureux.

— Qu'est-ce qui t'amène? demanda-t-il surpris de l'apparition de ce camarade, qui depuis longtemps déjà le traitait avec froideur et l'avait blâmé d'accepter la gestion du cabaret.

Personne en effet n'ignorait au village qu'il n'était qu'un fonctionnaire officieux aux gages de Foma, et, quelle que fût la gravité des raisons qui l'avaient amené à cet emploi, on ne le lui pardonnait pas, et Vania était abreuvé d'amertumes. Ses anciens compagnons le méprisaient, ne se faisaient faute de le lui répéter à chaque occasion, et le juif lui marchandait sa paye. Aussi le cabaretier eut-il un moment d'effroi quand Danilo vint s'asseoir à ses côtés. Seulement un événement extraordinaire pouvait expliquer cette familiarité, et Vania le crut chargé de quelque nouvelle désastreuse. Le malheur devait être terrible pour qu'il entourât sa communication de tant de bienveillance. Mais, contre son attente, Danilo se borna à le questionner au sujet de Foma, de sa famille et de leurs habitudes.

— Y a-t-il longtemps que tu n'as vu Mavroussia? demanda-t-il enfin en réprimant à grand'peine son agitation.

Vania répondit qu'il ne l'avait pas aperçue

depuis plusieurs jours déjà, et que, d'ailleurs, elle ne venait jamais au cabaret.

Pendant que les deux hommes causaient, Savka entra pour faire sa visite habituelle du matin. Il ricana en apercevant Danilo et lui fit une grimace.

— Que signifie cette plaisanterie? dit aussitôt le paysan en s'approchant du juif, qui se glissa sournoisement derrière une table, où il se tint à l'abri.

— Mais... rien du tout, riposta-t-il d'une voix doucereuse, où perçait une pointe d'ironie.

Danilo le secoua par l'épaule :

— Alors fais attention à ta vilaine figure, sinon, je t'écrase comme un ver de terre.

Il sortit furieux de s'être laissé emporter par la colère quand, avec un peu d'adresse, il serait peut-être parvenu à obtenir les renseignements qu'il cherchait.

Une semaine entière se passa sans qu'il sût rien de ce qui concernait la jeune fille. Chaque jour, à la même heure, il se rendait près du ravin, et chaque jour il en revenait plus désespéré que la veille. Deux ou trois fois, il fut surpris par Foma, qui, depuis quelque temps, semblait avoir une prédilection particulière pour l'allée longeant le ravin. A la troisième rencontre, le juif s'arrêta.

— Que viens-tu rôder dans ces parages? lui cria-t-il de loin.

Danilo répondit par un juron, mais s'abstint de retourner à son poste d'observation. Ces courses, d'ailleurs, ne lui servaient à rien; Mavroussia devait être enfermée, et plus il s'obstinerait à la revoir, plus ses parents l'entoureraient de surveillance. Jusque-là le prêtre seul connaissait ses projets d'enlèvement. Mais il se décida à mettre Ganna dans sa confidence; le dévouement de la vieille femme répondait de son silence, et Danilo résolut de l'employer à espionner les abords du château.

— Une femme est toujours plus habile qu'un homme, se disait-il.

Quelques jours plus tard, Ganna était étendue sur un banc devant la hata la plus rapprochée de la demeure de Foma; sous prétexte de s'y chauffer au soleil, elle ne quittait guère ce banc. A travers ses paupières mi-closes, elle ne perdait pas de vue la maison seigneuriale, et bientôt elle vit deux personnes en sortir et s'acheminer vers la grille. L'une d'elles était Savka, et l'autre, — la vieille pouvait à peine en croire ses yeux, — était bien Mavroussia, mais Mavroussia pâlie, maigrie, méconnaissable. Elle se traînait avec effort, sa démarche était abattue, comme si tous les ressorts de la jeunesse eussent été brisés.

La jeune fille n'était pas sortie de sa chambre depuis le jour où son père l'y avait séquestrée; sa mère ne la quittait presque jamais, et, lors même qu'on la laissait seule, on l'enfermait à clef, et, par surcroît de précaution, on veillait sous ses fenêtres, de façon à lui fermer toutes les issues. Pendant la nuit, la porte communiquant à la chambre de ses parents restait ouverte. Mavroussia était prisonnière; on lui apportait des aliments qu'on déposait devant elle, et on ne lui parlait que pour lui adresser des reproches. Elle s'était d'abord débattue, traînée aux genoux de ses parents, les suppliant de consentir à son union avec Danilo; mais ses prières avaient été repoussées, et ses larmes n'avaient éveillé aucune pitié. Dans un paroxysme de colère, son père s'était même emporté jusqu'à la frapper au visage. Un désespoir morne s'était alors emparé d'elle; elle ne prévoyait plus de fin à son emprisonnement et appelait la mort, qui seule pouvait la délivrer de son supplice. Sa santé s'altéra au point que Rébecca, inquiète, finit par obtenir de son mari l'autorisation de lui faire respirer un peu d'air.

— Qu'elle sorte, mais que Savka ne la quitte pas d'une semelle, avait dit Foma.

La jeune fille s'appuya à la grille; très-faible, il lui paraissait que le sol se dérobait sous ses pieds; des étincelles tournoyaient devant ses yeux. Savka, sans perdre sa sœur de vue, s'éloigna de quelques pas, afin de couper une branche desséchée. Ganna en profita pour s'approcher de la jeune fille, qui la regarda d'un œil hagard.

— Tout est prêt, dit rapidement la vieille à mi-voix;... le Père Afanasiy est prévenu... Danilo t'attendra cette nuit près du bosquet. Tu peux t'enfuir par la fenêtre de ta chambre, qui n'est pas élevée.

A peine achevait-elle ces mots, auxquels Mavroussia répondit par un signe, que Savka accourut. Il venait de s'apercevoir du colloque des deux femmes. La paysanne le salua respectueusement :

— Je demandais à Mavroussia des nouvelles de sa santé, dit-elle d'un ton naturel. Elle a mauvaise mine.

Affectant de ne point la remarquer, Savka entraîna sa sœur.

— Que t'a-t-elle dit? demanda-t-il inquiet.

Mavroussia se contenta de hausser les épaules.

— Réponds donc! ajouta-t-il brutalement.

Mais ni menaces ni prières n'obtinrent de réponse. Les paroles de Ganna tintaient follement aux oreilles de la jeune fille; elle renaissait à l'espérance, et son cœur débordait.

XVIII

La cloche de l'église sonna minuit.

Mavroussia, pieds nus, la main posée sur son cœur, se tenait près du mur qui séparait sa chambre de celle de ses parents, et comptait les heures. Quand les dernières vibrations de la cloche moururent dans l'espace, elle s'approcha de la porte, écouta la respiration égale de ses parents.

— Comme ils dorment paisiblement! pensa-t-elle en s'agenouillant sur le seuil.

Quelque dure que fût leur sévérité à son égard, elle se reprochait de profiter de leur sommeil pour les abandonner.

— Pardonnez-moi, murmura-t-elle les yeux pleins de larmes. Si vous aviez eu un peu de pitié,... si vous m'aviez autorisée à épouser celui que j'aime, je ne vous aurais pas trompés.

Elle baisa le plancher poudreux, puis elle se releva et ferma doucement la porte.

La lune éclairait la chambre de lueurs métalliques; Mavroussia ne put s'empêcher de frissonner en voyant la blanche clarté répandue sur les murs; elle aurait préféré une nuit sombre; ce grand disque brillant et solitaire l'intimidait. Elle s'avança vers la fenêtre et plongea un regard anxieux dans le jardin. La nature sommeillait, les bouquets d'arbres piquaient çà et là de taches foncées le gazon qui se déroulait comme un tapis d'argent. Au loin, elle apercevait les taillis de sapins; tout au bout, elle devinait le bosquet où l'attendait Danilo. Son cœur battait à se rompre.

— Allons, courage! se dit-elle. Il est là,... et, avec lui, la vie, l'amour, le bonheur...

Elle ouvrit la croisée, qui grinça dans sa gâche; ce faible bruit lui parut assourdissant dans le silence; elle s'arrêta, hésitante, écoutant si rien ne remuait dans la chambre voisine; puis, se décidant enfin, elle s'appuya des mains sur le rebord de la fenêtre. Comme elle allait s'élancer, deux bras vigoureux la rejetèrent au fond de la chambre. Foma était devant elle.

Mavroussia poussa un cri et se couvrit la figure des mains.

— Tu te disposais à fuir, malheureuse! fit le juif d'une voix sifflante en appuyant sur les épaules de sa fille.

Elle ne répondit pas et leva sur lui des yeux égarés.

— Il est inutile de le nier, continua-t-il. Je devrais t'écraser;... tu n'as plus le droit de vivre, toi qui déshonores ta race, qui jettes l'opprobre sur ton père.

Sa voix s'était élevée à un diapason aigu. Rébecca accourut au bruit au moment où, l'écume à la bouche, il levait la main sur Mavroussia. La mère se jeta entre le père et la fille. Elle lança une imprécation à cette dernière, mais elle arrêta le bras de son mari, et un dialogue animé s'engagea entre les deux époux. Mavroussia n'y prêtait aucune attention. Il s'agissait d'elle; mais que lui importait l'avenir s'il ne devait pas la réunir à Danilo?

Elle s'était relevée, et, appuyée au mur, ses yeux ne quittaient pas les profondeurs du jardin.

— Il est là, pensait-elle, tout près,... il espère,... il m'attend... quelques pas à peine nous séparent, et je ne le reverrai jamais!

L'intensité de sa douleur paralysait son cerveau ; ses pensées se confondaient, une souffrance atroce lui tiraillait le cœur, souffrance si aiguë qu'elle tuait le souvenir, et que Mavroussia se demandait pourquoi elle souffrait autant.

— Attelle la télègue... éveille Savka. Nous conduirons cette malheureuse à Kamenka, dit Rébecca. J'y resterai quelques jours, puis je la confierai à mes parents, qui auront soin de ne la point laisser échapper. Nous cacherons le lieu de sa retraite jusqu'à ce qu'elle se soit calmée.

Foma approuva le projet de sa femme. En apprenant la tentative d'évasion de sa sœur, Savka lui appliqua un soufflet ; mais pas un muscle ne tressaillit dans le visage de la jeune fille, qui ne parut même pas s'apercevoir de l'outrage. Elle se laissa lier les mains sans opposer de résistance ; ce n'est que lorsqu'on voulut l'emmener qu'elle refusa de se soumettre. On essaya de l'entraîner ; elle se jeta à terre, se cramponna au lit, aux meubles, en criant :

— Non, je ne partirai pas... je veux rester ici.

Redoutant que ses cris ne fussent entendus, Foma et son fils la bâillonnèrent, et, comme elle continuait à se débattre, ils la soulevèrent et l'emportèrent dans la télègue. Rébecca s'empara des rênes, tandis que Savka maintenait sa sœur. Afin de ne point réveiller les paysans, les grelots de l'attelage avaient été enlevés. Rébecca enveloppa d'un coup de fouet les chevaux, qui partirent au galop. Foma resta sur le perron jusqu'à ce qu'il les eût perdus de vue ; alors il essuya son front ruisselant de sueur et rentra.

Dès dix heures du soir, Danilo rôdait près du jardin ; il pouvait à peine croire à son bonheur, et, depuis que Ganna lui avait fait part de son entrevue avec Mavroussia, il comptait chaque minute qui le rapprochait de la jeune fille. Le prêtre avait été prévenu, Katioucha également.

A minuit, il franchit le ravin et se cacha dans le bosquet.

— Elle ne tardera plus beaucoup à venir, pensa-t-il.

L'impatience, l'inquiétude lui donnaient la fièvre ; les battements de ses artères l'assourdissaient ; à chaque instant, il croyait entendre crier le sable de l'allée ; il tressaillait à la moindre brise qui agitait les arbres; son attention était tendue jusqu'à la douleur; il ne pouvait rester en place. Un rossignol caché dans les branches chantait, et sa chanson l'irritait.

Une heure s'écoula, puis deux, puis trois; Mavroussia ne venait pas. Il n'osait se rapprocher du château. Il se rongeait, il attendait, il espérait toujours. Les lueurs de la lune avaient fait place à une clarté grise; les vapeurs qui couvraient le sol se dissipaient peu à peu, les oiseaux échangeaient des bonjours; de grandes taches rouges émaillaient le bleu du ciel; le soleil apparut d'abord pâle, languissant, comme s'il se réveillait d'un long sommeil, puis bientôt il inonda la campagne de ses rayons.

Danilo, affaissé sur le banc, brisé par l'angoisse de cette nuit d'attente, transi par la rosée qui le pénétrait jusqu'aux os, tremblait la fièvre. Il se résigna enfin à quitter le bosquet; quelque catastrophe imprévue avait évidemment retenu Mavroussia; mais il espérait malgré tout, et, arrivé au bord du ravin, il écoutait encore, ne pouvant s'arracher à ces lieux où le bonheur lui avait souri.

En sortant du jardin, il se rendit chez le

Père Afanasiy pour lui demander conseil. Le prêtre ne s'était pas couché de la nuit; lui aussi avait attendu Mavroussia.

— Ne crois-tu pas, dit-il, qu'elle a simplement reculé au dernier moment?

Danilo se récria; il n'admettait pas la possibilité de cette supposition, il était décidé à aller trouver Foma et à le sommer de lui laisser voir sa fille.

— Y songes-tu? Tu veux donc la perdre? répliqua le prêtre.

Mais le paysan exaspéré ne voulait plus entendre raison.

— Puisqu'elle n'est pas venue, c'est que son projet de fuite a été découvert, répondit-il aux objections de son interlocuteur; par conséquent, la situation ne peut être empirée.

— Ayant consenti à vous protéger, je suis en partie responsable de ce qui arrive à Mavroussia, dit alors le prêtre d'un ton qui ne souffrait pas de contradiction. C'est donc moi qui verrai Foma; quant à toi, reste ici et attends mon retour.

Danilo dut céder à la volonté du Père Afanasiy, et celui-ci se rendit au château. Il ne

se faisait aucune illusion sur les difficultés de
sa mission, et sentait qu'il n'avait aucun droit
d'exiger des explications au sujet de Mavroussia; si elle eût été de ses ouailles, il aurait été
excusable de s'immiscer dans ses affaires, mais
elle était juive, qu'avait-il à y voir? Cependant
le chagrin de Danilo et l'intérêt qu'il portait à
la jeune fille le décidaient à tenter une démarche que son bon sens condamnait.

Il approchait du château quand Foma en
sortit.

— J'allais chez toi, lui dit-il.

Le juif le regarda de travers et continua de
marcher.

Le Père Afanasiy régla son pas au sien, et,
quelque peu encourageant que fût cet accueil,
il alla droit au but.

— Je viens te parler au sujet de Danilo. Il
aime ta fille depuis longtemps, mais il n'ose te
demander sa main, et il m'a prié de lui servir
d'intermédiaire...

Foma leva son poing d'un geste menaçant :

— Si je le rencontre sur ma route, malheur
à lui!... dit-il d'une voix étranglée par la
rage. Vous pouvez lui déclarer de ma part que

jamais... jamais, entendez-vous bien?... il ne
reverra ma fille.

— Que veux-tu dire par là?

— Je m'entends, rétorqua le juif d'un air
plein de mystère; et il tourna le dos au prêtre
sans le saluer.

Un soupçon effroyable traversa l'esprit de ce
dernier; la physionomie de Foma était si hai-
neuse, qu'il se demanda à quel moyen il avait
eu recours pour élever une barrière infranchissable entre les deux amants. Il n'osait presque pas interroger sa pensée, tant elle l'épouvantait, et il revenait tête basse vers sa maison,
quand il fut arraché de sa rêverie par Danilo
accouru à sa rencontre.

— Eh bien? demanda le paysan avec angoisse.

L'attitude du prêtre ne présageait rien de
bon; il hocha la tête et laissa échapper un
geste qui trahissait l'insuccès de son entreprise.

— Mais où est-elle?... L'avez-vous vue?...
Qu'en a-t-il fait?

— Je n'en sais rien, répondit le Père Afanasiy. Foma m'a seulement chargé de t'annoncer que tu ne la reverrais plus...

— Il l'a tuée! — s'écria Danilo, et il s'élança dans la direction du village.

Des groupes de paysans entouraient la petite maison de bain et attendaient leur tour pour y entrer. Il n'est pas de moujik qui, le samedi, néglige ce soin de propreté. Le bain, trop étroit pour contenir tout le monde à la fois, ne désemplit pas de la journée. Les bancs disposés près de la porte étaient tous occupés; bon nombre de paysans étaient étendus sur l'herbe, et tous causaient avec animation de l'incendie qui venait d'éclater à Kamenka. Le feu s'était déclaré pendant la nuit dans la hata d'un paysan qui la veille s'était querellé avec un juif, et l'on accusait ce dernier d'être l'auteur du désastre. Un témoin oculaire donnait des détails sur l'incendie, qui se propageait avec rapidité; les juifs, enfermés dans leurs habitations situées à l'autre bout du village, refusaient d'aider au sauvetage; il était à prévoir que toute la partie de Kamenka occupée par les paysans allait être détruite; les maisons y étaient rapprochées les unes des autres, la rivière éloignée; on n'avait pas de pompe à feu, et l'on devait se contenter de combattre les flammes avec les seaux d'eau apportés des puits. Une grande agitation régnait dans l'auditoire, et Nikita, qui attendait aussi son tour pour entrer au bain, épiait curieusement l'effet produit par cette lugubre nouvelle.

— Quand donc aurez-vous le courage d'exterminer ces vampires? murmura-t-il entre ses dents en désignant Foma qui se dirigeait vers la boucherie.

Tous les regards se tournèrent dans cette direction, et des imprécations sourdes parcoururent les rangs, comme le roulement précurseur d'un orage.

A peine Foma fut-il entré dans la boutique que Vania traversa la rue; baissant la tête et marchant très-vite, il côtoyait les maisons afin d'éviter le groupe des paysans, dont il redoutait les quolibets. L'amertume rongeait son cœur, et il exécrait celui qu'il servait.

— Donne-moi une livre de bœuf, dit-il au boucher juif, en faisant semblant de ne point remarquer Foma assis dans la boutique.

Le marchand coupa une tranche de viande, la pesa et la lui remit.

— Tiens, fit-il en tendant la main, paye, ça coûte dix kopecks aujourd'hui.

Vania, tout en payant, protesta contre ce prix excessif au village.

— Il y a une épidémie sur le bétail, tu le sais bien, riposta le juif. Si tu veux du bon marché, prends de la charogne; d'ailleurs ce sera toujours assez bon pour toi.

Et, sans attendre sa réponse, il lui arracha des mains le morceau saignant, en prit un autre d'une couleur douteuse et le lui jeta à la face. Le paysan recula à demi suffoqué par l'odeur qui s'en dégageait.

— Je t'ai donné dix kopecks... rends-moi mon morceau, dit-il très-pâle.

Le juif compta d'un air goguenard l'argent déposé sur le comptoir.

— Il y manque deux kopecks, dit-il. Tu espérais sans doute me tromper, mais tu as affaire à forte partie, mon cher.

Effectivement la somme n'était pas au complet, car une pièce de cuivre avait roulé par terre et gisait à ses pieds sans qu'il la remarquât.

— Je t'ai payé intégralement,... voici les deux kopecks, — Vania les lui désigna, — prends-les...

— Ramasse-les toi-même, riposta le juif. Je ne suis pas ton domestique... — Un éclair traversa les yeux du cabaretier. — Non! dit-il en serrant les lèvres.

Foma ricanait. — Tiens bon! dit-il à son coreligionnaire.

Celui-ci s'élança sur Vania et le secoua.

— Chien de chrétien, cria-t-il, je t'obligerai à ramasser cet argent avec tes dents et à lécher la poussière du plancher...

Vania, blême de rage, repoussa le juif avec tant de violence, qu'il l'envoya rouler à l'autre bout de la pièce. Mais le boucher, se relevant avec souplesse, tira de sa ceinture le long couteau dont il se servait pour dépecer la viande, se rua sur le paysan, et avant que celui-ci eût eu le temps de parer le coup, il le lui enfonça dans le bras. Vania, couvert de sang, se précipita sur le perron :

— Frères, le juif m'assassine !

Au même instant, Danilo accourait vers le bain. Tête nue, les cheveux au vent, les traits décomposés :

— Frères! cria-t-il, Foma a égorgé sa fille parce qu'elle voulait devenir orthodoxe...

— Vengeance!... Vengeance au nom de la sainte foi !

Sa voix retentissait comme le clairon sonnant la charge. Les paysans se levèrent en tumulte. Nikita, oubliant ses infirmités, parcourait les rangs en répétant le cri de Danilo. Plusieurs moujiks coururent à leurs hatas et revinrent armés de faux, de fourches, de bâtons. Tous les visages étaient bouleversés, la haine, long-temps réprimée, débordait; on n'aurait pas reconnu dans ces être avides de carnage les hommes paisibles d'autrefois. Vania, sans même étancher le sang de sa blessure, les entraînait chez le boucher. Les deux juifs, affolés de ter-reur, s'étaient barricadés derrière le comptoir et attendaient en tremblant. Les paysans firent irruption dans la boutique :

— Qu'est devenue ta fille ? demanda Danilo en tirant Foma de dessous le comptoir et en le traînant au milieu de la pièce.

Un cercle, vociférant des imprécations, les-entoura. Foma, accroupi sur le plancher, le dos voûté, la tête dans ses épaules, marmottait :

— Je l'ignore. . je t'assure que je n'en sais rien...

Nikita, la face enflammée, écarta la foule, repoussa Danilo; il brandissait une faux, et, se jetant sur Foma, il lui fendit le crâne :

— Béni soit le ciel, cria-t-il d'une voix tonnante, qui me permet de venger mon maître!

Une mare de sang coula dans la pièce et baigna les pieds des paysans; la vue, l'odeur de ce sang leur monta au cerveau. Les instincts féroces de ces hommes, résignés jusqu'alors, s'éveillèrent tout à coup. Vania saisit le boucher qui, blotti derrière une armoire, geignait et demandait grâce; les paysans l'égorgèrent.

XIX

Après avoir conduit sa mère et Mavroussia
à Kamenka, Savka retournait chez lui au pas
lent de sa troïka fatiguée; il sifflotait gaiement :

— Danilo sera bien malin s'il parvient jusqu'à Mavroussia maintenant, pensait-il, faisant
claquer sa langue en signe de satisfaction.
Quant à cette folle, on saura la forcer à abandonner ses lubies.

Le savoir-faire de ses parents lui inspirait
une confiance absolue. Étendu sur la paille, au
fond de la charrette, il laissait librement flotter
les rênes; la chaleur de midi, jointe à la fatigue, l'assoupissait peu à peu. Une voix brusque
le fit sortir de sa somnolence; sa télègue était
arrêtée au milieu de la route, et à côté de lui se
tenait le mercier de Sofievka. Il tremblait de
tous ses membres.

— Retourne vite d'où tu viens, et prends-moi, dit-il d'une voix éteinte.

Il lui conta la fin de Foma et du boucher.

— Je suis parvenu à m'échapper, mais ma femme et mes enfants sont restés au village;... ils sont massacrés à l'heure qu'il est...

Le juif se mit à pleurer, tout en se hissant dans la télègue. Savka tourna bride aussitôt.

. . . .

Le soir de ce même jour, Kamenka était en feu; les paysans n'avaient pu se rendre maîtres de l'incendie, et, l'attribuant à la malveillance des juifs, ils avaient envahi les habitations de ces derniers; dans leur exaspération, ils détruisaient tout ce qui leur tombait sous la main. Les meubles, les provisions, étaient précipités par les fenêtres au milieu de la rue; les boutiques étaient saccagées; des monceaux d'étoffes, de toiles, de vêtements jonchaient le sol; çà et là gisaient des sacs déchirés d'où s'échappait la farine; les paysannes, les enfants éventraient les oreillers et tailladaient les matelas. Des nuages de duvet blanc flottaient dans les airs. Des moutons, des vaches arrachés à leurs étables erraient en mugissant. Les cabarets étaient

démolis; on en tirait des tonneaux qu'on défon-
çait à coups de hache; des flots de vodka coulaient partout sans que personne songeât à en
profiter.

Les paysans dévastaient, mais ne pillaient
pas; la soif de la vengeance seule les animait.
L'un d'eux, surpris par ses compagnons au
moment où il s'emparait d'une montre, avait
été roué de coups et chassé. Les juifs glapissaient
en défendant leur bien comme ils pouvaient;
mais les agresseurs étant supérieurs en nombre,
ils avaient pour la plupart abandonné leurs
demeures et fuyaient vers la ville.

Dans une des dernières maisons du village,
des femmes se hâtaient d'emporter le plus de
hardes possible en se les superposant sur le
dos; les hommes fouillaient les armoires à la
recherche de leurs effets précieux, qu'ils entas-
saient dans des coffres portatifs. Cette maison
était encore intacte, et ses locataires s'em-
pressaient de se sauver :

— Où est Mavroussia? Je ne la vois pas?
demanda tout à coup Rébecca, qui étouffait
sous l'amas de manteaux et de châles qui la
couvraient.

— Je n'en sais rien, répondit Savka en soulevant un lourd paquet sur ses épaules.

— Mavroussia! Mavroussia! cria la mère.

Personne ne répondit.

— Allons, dépêchons-nous! fit un autre juif,
sinon nous sommes perdus. La maison voisine
brûle déjà.

— Ma fille!... qu'est-elle devenue? répéta
Rébecca hésitante.

— Puisse-t-elle être foudroyée!... gronda
Savka en accompagnant ce souhait d'un
juron.

Il entraîna sa mère à la suite des fuyards.

La nouvelle des désordres de Kamenka s'était
répandue rapidement aux environs, et plusieurs
paysans de Sofievka étaient accourus prêter
main-forte à leurs frères. Danilo se remarquait
parmi les plus enragés. La chemise déchirée,
les mains ensanglantées, les traits livides, un
trou béant au front d'où découlait un filet ver-
meil, il se présentait comme l'apôtre de la vengeance. Le premier dans la mêlée, il encourageait
ses compagnons, et, une fourche en main, il
frappait de tous côtés, insensible aux coups qui
l'atteignaient. Les lueurs de l'incendie embra-

saient le ciel, qui paraissait un dôme écarlate.
La fumée s'amoncelait au-dessus des hatas
détruites; une poutre tombait, un toit s'effon-
drait, un mur croulait en écrasant les blessés,
dont les plaintes se mêlaient au fracas de l'ébou-
lement. Des langues de feu rampaient des deux
côtés de la rue. Une bouffée devent jeta quelques
étincelles sur le toit de la maison que venait
d'abandonner la famille de Rébecca.

Le chaume flamba.

— Alimentons le feu, frères! cria Danilo.

Il tenait un tison d'une main et sa fourche
de l'autre.

Soudain la porte de la hata s'ouvrit, et sur
le perron à moitié brûlé apparut Mavroussia,
les vêtements défaits, les cheveux épars, les
yeux égarés.

— Ma bien-aimée! s'écria Danilo en se précipitant vers elle les bras tendus.

— Arrière! cria la juive d'une voix éclatante,... tes mains sont teintes du sang de mon
peuple. Chrétien qui prétends aimer et qui massacres, sois maudit!... Le Dieu d'Israël, le vrai
Dieu, est entre nous... Non... ton Christ n'est
pas ressuscité... va-t'en!...

Elle rentra dans les flammes qui l'envelop-
pèrent. Danilo poussa un cri et se jeta sur ses
traces; comme il franchissait le seuil de la maison, le toit s'effondra et les ensevelit tous les
deux.

FIN.

PARIS. TYPOGRAPHIE DE E. PLON ET Cⁱᵉ, RUE GARANCIÈRE, 8.

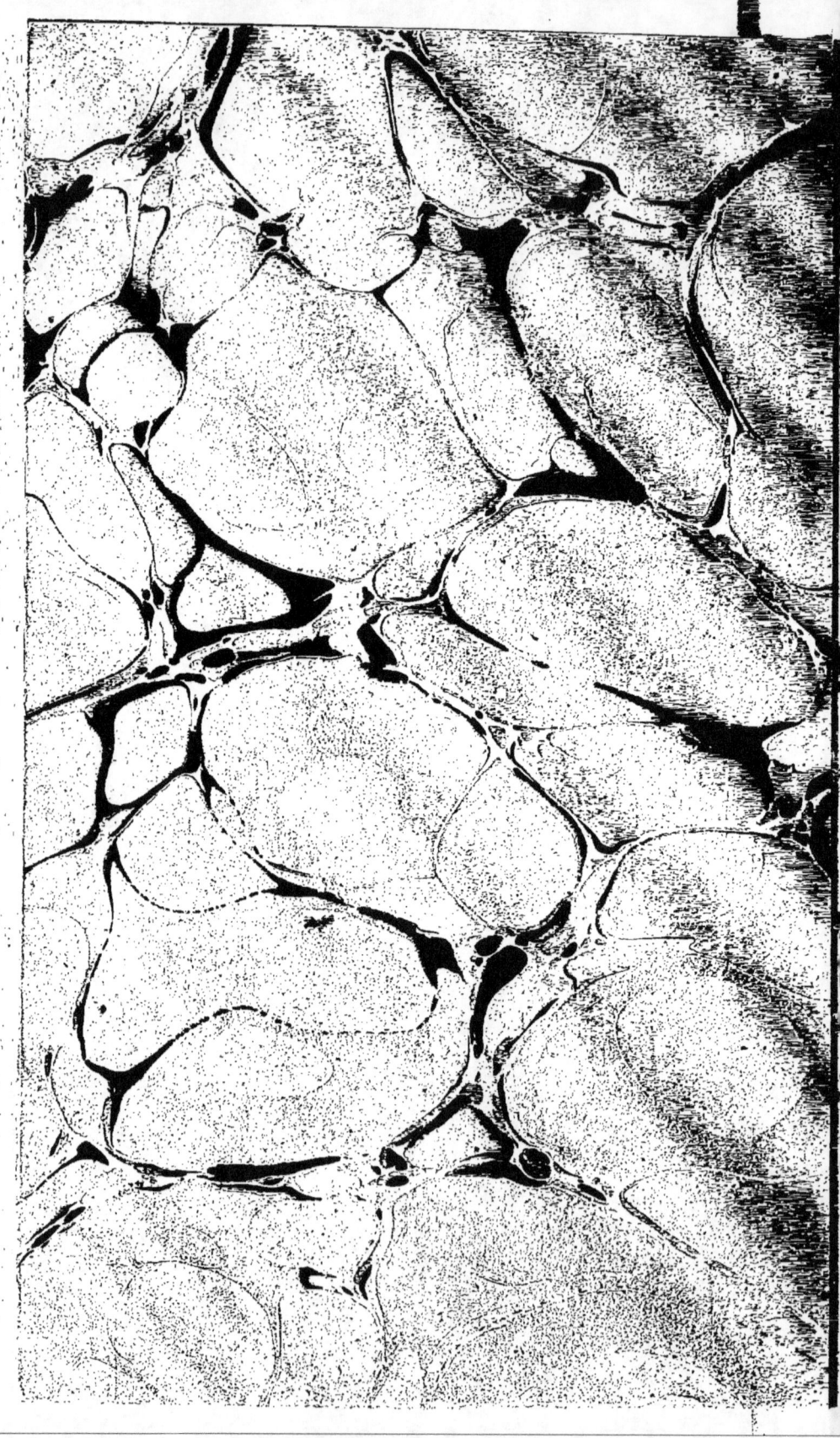

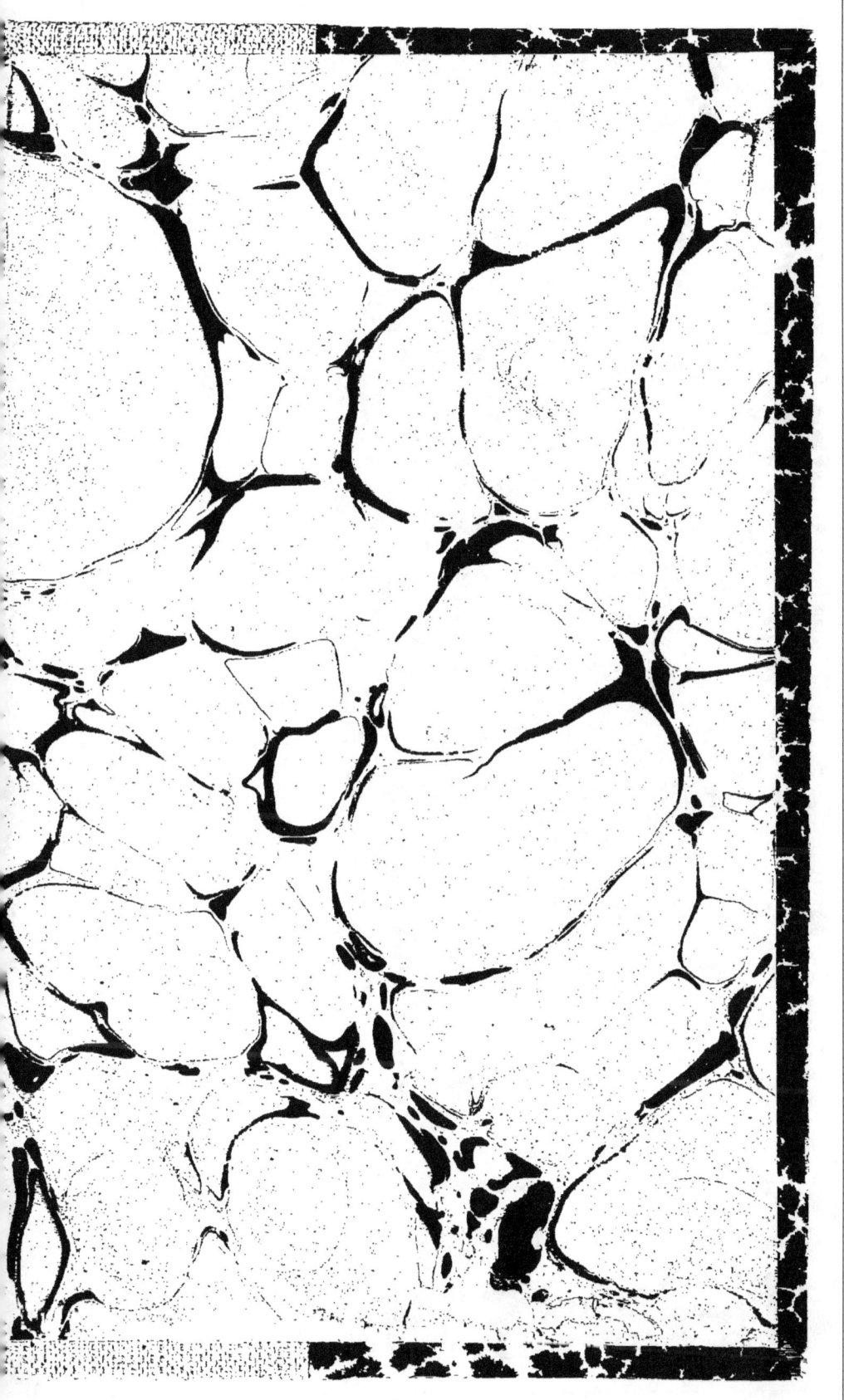

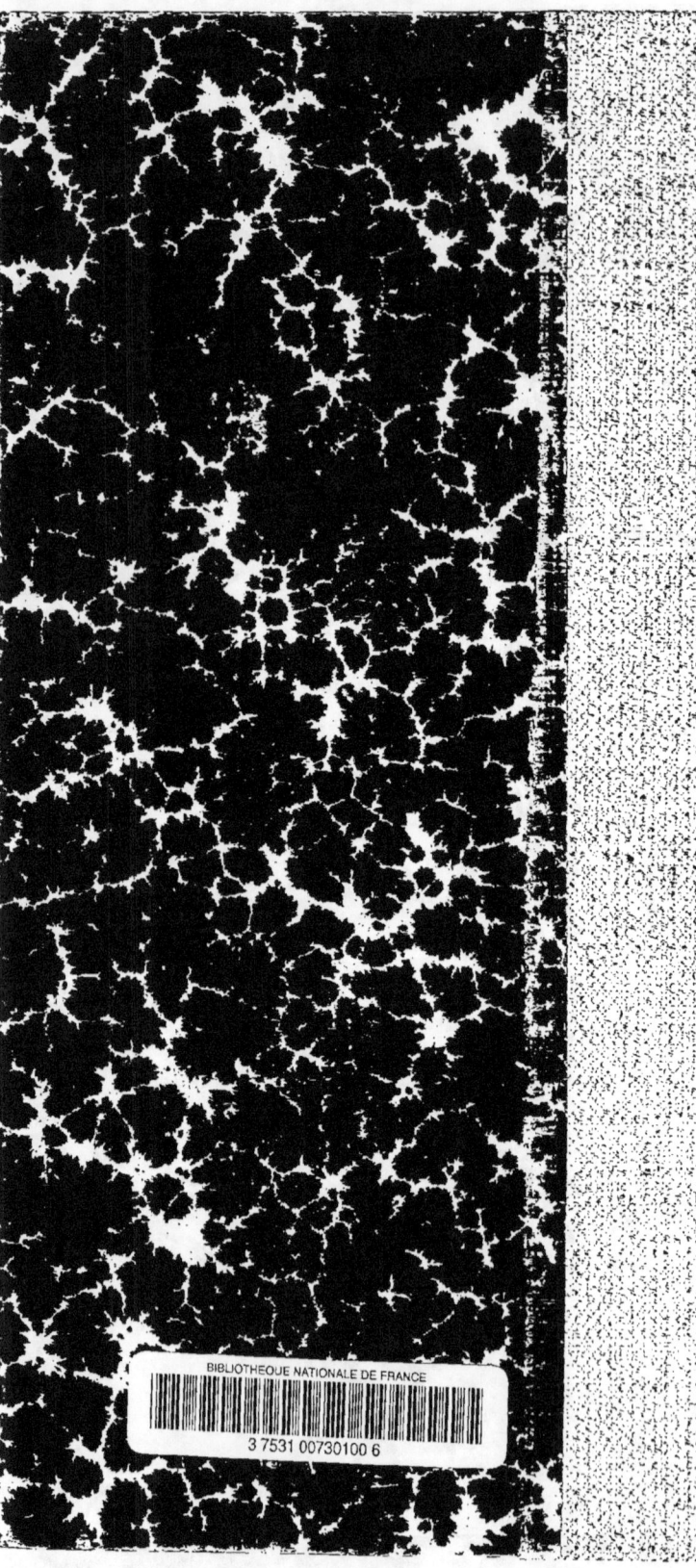

www.ingramcontent.com/pod-product-compliance
Lightning Source LLC
Chambersburg PA
CBHW070506030726
47503CB00004B/1176